Voltaire

Zadig
ou la Destinée

Édition présentée et annotée
par Jacques Van den Heuvel

Texte établi par Frédéric Deloffre
avec la collaboration de Jacqueline Hellegouarc'h

TEXTE INTÉGRAL

Gallimard

Édition dérivée de la Bibliothèque de la Pléiade.

PRÉFACE

Zadig *avait paru d'abord sous le titre de* Memnon *à Amsterdam en 1747 (avant d'être réédité en 1748 sous le titre de* Zadig *ou la* Destinée[1]*). Selon la relation détaillée du secrétaire et copiste Longchamp, cette première version du conte aurait été composée presque*

1. Comme on le sait, Voltaire avait d'abord nommé son héros Memnon. Pour la source du nom de Zadig, on a suggéré à côté de Sadi ou Saad (voir l'*Épître dédicatoire*), l'*Histoire du grand écuyer Saddyk*, une des aventures du roman de Chec Zadé, l'*Histoire de la sultane de Perse*. Saddyk, en arabe, signifie le Véridique, Zadik, en hébreu, le Juste. Voltaire avait pu entendre en 1727 à Westminster un motet de Haendel, extrait des *Rois*, et intitulé *Zadog le prêtre*. Ces différentes « sources » ne sont pas exclusives l'une de l'autre : l'imagination de Voltaire procède par de telles assimilations. Quant au sous-titre « ou la Destinée », il manque dans *Memnon*. Une lettre de Voltaire à Bernis, « à Commercy, ce 14 octobre 1748 », nous donne une indication précieuse : « Je suis si loin de vous accuser, Monsieur, d'avoir fait *Zadig*, que je m'en avouai l'auteur au roi de Pologne, dès que l'ouvrage parut ; et je crus devoir cet aveu aux bontés de ce

entièrement à Sceaux chez la duchesse du Maine, auprès de laquelle Voltaire avait trouvé refuge à la suite de l'incident du «jeu de la Reine». Fuyant la cour et craignant des représailles, il serait resté enfermé quelques semaines dans un appartement secret, dont il ne sortait qu'une fois le soir venu pour aller prendre son souper en compagnie de l'illustre duchesse. Georges Ascoli, dans son édition critique de Zadig, *a montré les difficultés d'une telle tradition. Longchamp en effet situe l'événement dans l'automne de 1746. Or l'incident du «jeu de la Reine» date d'octobre 1747, et à cette date* Memnon-Zadig *ne pouvait être présenté comme une nouveauté, ayant paru au plus tard au mois de juillet en Hollande. Il est vraisemblable que Longchamp a confondu dans ses souvenirs les deux séjours que Voltaire fit à Sceaux, à l'automne de 1746, et à celui de 1747, et que ce soit en 1746 que Voltaire ait lu, après les avoir fait recopier par Longchamp, les chapitres de* Memnon *qu'il avait sans doute composés quelque temps auparavant : le conte porte en effet vigoureu-*

---

monarque, à l'approbation que lui, son confesseur, et les personnes les plus vertueuses donnaient à ce roman moral, qu'on devrait intituler plutôt *La Providence* que *La Destinée*, si on osait se servir de ce mot respectable de providence dans un ouvrage de pur amusement. »

sement l'empreinte de ces années 1745 et 1746 durant lesquelles Voltaire apprend à ses dépens la distance qui existe entre un rêve de bonheur, de solitude tranquille, d'amour et de sagesse, tel qu'il a été entrevu à Cirey auprès de Mme du Châtelet, et les réalités d'une existence imprévisible dans son capricieux développement.

Le pessimisme envahit Voltaire au moment où il compose Zadig. Influence de l'âge, sans doute : le cap de la cinquantaine qu'il a franchi depuis 1744 représente, comme il l'écrit à d'Argenson, un « assez f...u quantième ». Par ailleurs, la maladie, notamment au cours de l'année 1746, ne lui a pas ménagé ses attaques. Autre ravage du temps : l'échec qu'il inflige à l'amour, même et surtout à l'amour le plus pur, celui qui est fondé sur la communion de deux êtres. Deux essais successifs de Zadig pour trouver le bonheur dans une union délicieuse le décourageront pour longtemps du mariage. Sémire est une fille de condition, alors qu'Azora est une simple « citoyenne ». Faut-il voir dans cette différence sociale une allusion à la vie sentimentale de Voltaire en ces années ? Si les liens qui l'unissaient à Mme du Châtelet se distendent de jour en jour, nous savons maintenant qu'il s'est singulièrement rapproché de sa nièce Mme Denis depuis

1744, année de la mort de son mari, et qu'il n'a pas trouvé en elle un trésor de fidélité et de désintéressement... Déçu par l'amour, Zadig va chercher « son bonheur dans l'étude de la nature ». Cet autre aspect de l'idéal de Cirey échapperait-il aux vicissitudes de la condition humaine ? À partir du moment où il a décidé de vivre comme « un philosophe qui lit dans ce grand livre que Dieu a mis sous nos yeux », comme l'avaient fait les « newtoniens » de Cirey, il fait l'expérience, bien au contraire, que la science, loin d'être un refuge, est souvent compromettante.

Comment dès lors échapper à ce cycle infernal qui nous ramène sans cesse du repos à la persécution, sinon en sortant de sa retraite, et en se lançant à la conquête d'un monde qui de toute façon ne se laisse pas ignorer ? Justement la faveur royale semble avoir distingué les rares mérites de Zadig-Voltaire : l'occasion semble assez belle pour imposer aux hommes par l'exercice d'un juste pouvoir ces principes qu'ils ne respectent pas chez un simple particulier. Voilà donc Zadig rejeté malgré lui, par la logique des événements, dans le tourbillon du monde. Frédéric de Prusse avait envahi la Silésie à la fin de 1740. Le pouvoir, en l'occurrence le cardinal Fleury, connaissant ses liens avec Voltaire, avait chargé officieuse-

ment ce dernier d'aller le trouver et de le ramener aux côtés de la France. *Le voilà donc devenu, de réprouvé qu'il était, l'homme indispensable. Ainsi Zadig auprès de Moabdar. Un an après, nouvelle mission diplomatique ; elle échoue sans doute, mais il n'en reste pas moins qu'une nouvelle fois on a eu recours aux bons offices de Voltaire. À la fin de 1744, autre événement heureux : c'est le marquis d'Argenson, ancien condisciple du jeune Arouet, qui devient ministre des Affaires étrangères, et l'année 1745 va marquer l'apogée du philosophe dans sa carrière de courtisan. Le 25 février, il fait représenter devant la cour, à l'occasion du mariage du dauphin,* La Princesse de Navarre *; le 27 mars, il devient historiographe du roi, et reçoit la promesse d'être nommé gentilhomme ordinaire dès qu'une charge se trouvera vacante ; en juin, parution de son poème sur la bataille de Fontenoy ; en novembre, représentation devant le roi du* Temple de la Gloire *; quelques mois plus tard, en avril 1746, ce sera l'élection à l'Académie française. Mais au milieu de ces succès et de ces distinctions, Voltaire ne laisse pas de s'interroger : il a bien facilement fait litière de ses principes de Cirey qui opposaient la retraite philosophique au pouvoir. On sent, à lire sa correspondance en 1744-*

1745, qu'il n'est pas dupe du ridicule de sa nouvelle situation. La vie qu'il mène, confie-t-il à Mme Denis, est toute contraire à son humeur et à sa façon de penser, et il ajoute : « Je me sens un peu honteux, à mon âge, de quitter ma philosophie et ma solitude pour être le baladin des rois » (13 avril 1744).

N'importe comment, ces illusions sont de courte durée... Dès le début de 1746 court de nouveau le bruit que Voltaire est disgracié. Le développement de l'affaire Travenol compromet sa sécurité[1]. *Trop averti et trop lucide pour ne pas envisager le pire, il s'interroge sur son avenir. Il y voit, projetée en avant et singulièrement amplifiée dans ses oscillations, la courbe de ce qui a été jusque-là sa destinée, avec ses alternatives d'espoir et de désillusion : c'est une disgrâce, une fuite sans fin à travers le monde, et d'extraordinaires aventures dont son imagination, appuyée sur son expérience passée, et enrichie, on le verra, de nombreux éléments romanesques, lui fournit sans peine le schéma et la substance. Fuyant Babylone pour échapper au plus cruel des supplices, Zadig se met à récapituler ses expé-*

1. Le 3 juin 1756 avait eu lieu une descente de police chez Antoine Travenol, maître de danse. Parmi les manuscrits trouvés chez lui figuraient certaines satires sur Voltaire. Travenol fut emprisonné pour six jours à la Bastille.

riences, au lieu de se borner comme aupara-
vant à les enregistrer l'une après l'autre ; il
recherche la loi de cette courbe sinueuse qui a
été jusque-là celle de sa destinée. Une réflexion
sur les caprices apparents de cette destinée
ramenait Voltaire à la problématique leibni-
zienne telle qu'il venait de l'approfondir dans
la Théodicée *(1710). Quoiqu'il soit impossible*
en l'absence de tout témoignage à cet égard
de fixer avec précision le moment où a eu lieu
cette lecture essentielle, il n'est guère douteux
qu'elle eut lieu sous l'influence de Mme du
Châtelet, et sans doute avec elle, au moment
où elle préparait ses très leibniziennes Institutions de physique. *À partir de 1740 en effet,*
des ajouts à la Métaphysique de Newton *ne*
laissent plus aucun doute sur l'orientation de
la pensée de Voltaire : la Providence, ayant
pour but l'arrangement général, ne saurait
être mise en doute au nom de certaines vues
particulières. Tout passe par ses voies néces-
saires et incompréhensibles. Il n'existe pas
d'exercice direct de la liberté, non plus que de
rémunération directe de nos actes. Telle semble
bien, sous l'influence de Leibniz, la position de
Voltaire dans les années qui précèdent immé-
diatement la composition de Zadig. *Or la cri-*
tique n'a retenu dans cette période que les
pointes lancées par lui contre la philosophie

*leibnizienne. Sans doute l'*Exposition des institutions physiques *(1741) attaque-t-elle la raison suffisante, appelée « raison insuffisante », l'harmonie préétablie, le système des monades, la continuité, le plein, les forces actives, et même égratigne-t-elle parfois le « meilleur des mondes possibles » ; mais on y chercherait vainement des critiques contre ce qui est le centre de la* Théodicée, *cet essai de conciliation entre hasard et nécessité par le biais d'une Providence. Il est fort probable que* Zadig *a été écrit à un moment où Voltaire essaie encore de se rattacher, malgré de nombreuses difficultés, il est vrai, aux arguments providentialistes de Leibniz. Il y a comme une structure cycloïdale du conte qui fait qu'en définitive aucune expérience n'est perdue et que, dans une réussite qui est celle d'une technique autant que celle d'une pensée philosophique, tous les détails concourent strictement à l'édification de l'ensemble. Interprétant la suite des aventures de Zadig, un Pangloss arriverait, semble-t-il, non pas à d'extravagantes ratiocinations* métaphysiques — *on sait que pour Voltaire la métaphysique est ridicule dans la mesure où elle s'oppose au naturel —, mais à l'expression de la vérité même. Car enfin, dirait-il cette fois à juste titre, si Zadig n'avait pas été trahi par Sémire, puis par Azora, s'il* *n'avait pas été dénoncé par l'Envieux, il ne serait pas devenu Premier ministre et n'aurait pas été remarqué par la reine Astarté; s'il n'avait pas été menacé par la jalousie de Moabdar, s'il n'avait pas fui en Égypte, s'il n'avait pas été réduit en esclavage, il ne serait pas devenu en fin de compte l'époux d'Astarté, et le roi de Babylone...*

Les autres destinées que Zadig et l'ermite croisent sur leur chemin offrent, elles aussi, sous une absurdité apparente, le même aspect providentiel. Par une symbolique très habile — composition en « abysme » —, Voltaire a disposé à l'intérieur de son récit principal de petites anecdotes qui, apportant elles aussi le même enseignement, élargissent à l'ensemble de l'humanité les problèmes que posait l'existence du seul Zadig. Sous les ruines de cette maison « où la Providence a mis le feu, le maître a trouvé un trésor immense ». Le jeune homme « dont la Providence a tordu le cou » aurait assassiné sa tante dans un an, et Zadig dans deux. Quant au pêcheur, anciennement le plus célèbre marchand de fromages à la crème de la cité, ce n'est pas à tort qu'au plus profond de son désarroi il lève les yeux vers le ciel : ses infortunes auront pour effet de lui faire rencontrer Zadig, qui deviendra à son endroit l'incarnation de la Providence. Or cette

Providence elle-même s'est donné la peine de venir « éclairer » Zadig, en la personne de l'ange Jesrad, qui lui révèle une partie des mystères de la Destinée. Une interprétation « voltairienne » de cet épisode semble à première vue assez tentante. L'ermite y réciterait, sans trop y croire lui-même peut-être, une sorte de catéchisme leibnizien à l'usage des aveugles. Arrivant, par une ironie du sort, au pire moment des infortunes de Zadig, il viendrait, par ses ratiocinations, mettre un comble à cette impression d'absurdité universelle qui se dégageait jusque-là du récit. Devant cet ermite métamorphosé en ange, Zadig se comporterait en digne fils de Voltaire : nullement convaincu par les arguments célestes, il accumulerait les objections jusqu'au point de mettre en fuite son illustre interlocuteur, et cette fuite pourrait bien ressembler à une capitulation des systèmes métaphysiques devant les attaques d'une pensée lucide, symbolisée par les Mais de Zadig. Certes, il « ador[e] » et « se soumet ». Mais, employé par Voltaire à propos du mystère, le terme adorer, pris dans une acception péjorative, s'oppose à celui de comprendre. D'autre part, l'ironie voltairienne, que l'auteur des Contes confère si rarement à ses personnages principaux, semble parfaitement étrangère au tempérament de Zadig. Et même dans l'hypothèse contraire, en ferait-il usage contre cet ermite qui exerce sur sa personne un si prodigieux ascendant ? Le voyage qu'ils font tous les deux ensemble est là pour préparer les révélations essentielles de l'ange Jesrad, et surtout l'attitude que se doit de prendre le lecteur éclairé à leur égard : « Zadig se sentit du respect pour l'air, pour la barbe et pour le livre de l'ermite. Il lui trouva dans la conversation des lumières supérieures. L'ermite parlait de la destinée, de la justice, de la morale, du souverain bien, de la faiblesse humaine, des vertus et des vices, avec une éloquence si vive et si touchante que Zadig se sentit entraîné vers lui par un charme invincible. »

Ainsi, que l'on envisage les positions philosophiques de Voltaire vers 1745, la structure même du récit de Zadig, ou le détail de la leçon de l'ermite, le sens du conte est clair : tout se passe comme si *la liberté, cette exigence fondamentale de l'homme, arrivait à se concilier avec un ordre nécessaire et immuable, par le ministère d'une Providence dont les voies sont impénétrables, mais qui se manifeste d'une manière éclatante dans la trame de la destinée ; comme si, en définitive, la sagesse menait au bonheur, comme si le mal pouvait s'intégrer dans une perspective générale.*

JACQUES VAN DEN HEUVEL.

Zadig
ou la Destinée

Histoire orientale

APPROBATION

Je soussigné, qui me suis fait passer pour savant, et même pour homme d'esprit, ai lu ce manuscrit, que j'ai trouvé, malgré moi, curieux, amusant, moral, philosophique, digne de plaire à ceux mêmes qui haïssent les romans. Ainsi je l'ai décrié, et j'ai assuré M. le Cadi-Lesquier[1] que c'est un ouvrage détestable.

5

1. Cadi-Lesquier : grand dignitaire turc, qui avait la charge de la religion et des lois.

ÉPÎTRE DÉDICATOIRE
À LA SULTANE SHERAA,
PAR SADI[1]

Le 18 du mois de schewal,
l'an 837 de l'hégire.

*Charme des prunelles, tourment des cœurs,
lumière de l'esprit, je ne baise point la poussière de vos pieds, parce que vous ne marchez
guère, ou que vous marchez sur des tapis*
5 *d'Iran ou sur des roses. Je vous offre la traduction d'un livre d'un ancien sage, qui, ayant
le bonheur de n'avoir rien à faire, eut celui de
s'amuser à écrire l'histoire de* Zadig *; ouvrage
qui dit plus qu'il ne semble dire. Je vous prie*
10 *de le lire et d'en juger ; car, quoique vous soyez
dans le printemps de votre vie, quoique tous les
plaisirs vous cherchent, quoique vous soyez
belle, et que vos talents ajoutent à votre beauté ;
quoiqu'on vous loue du soir au matin, et que*
15 *par toutes ces raisons vous soyez en droit de
n'avoir pas le sens commun, cependant vous
avez l'esprit très sage et le goût très fin, et je
vous ai entendue raisonner mieux que de vieux*

1. Le *Gulistan* de Sadi a été traduit en français par
Antoine du Ryer dès 1634, puis par d'Alèges, en 1704, avec
une *Vie de Saadi.*

derviches *à longue barbe et à bonnet pointu.*
Vous êtes discrète, et vous n'êtes point défiante ;
vous êtes douce sans être faible ; vous êtes bien-
faisante avec discernement ; vous aimez vos amis,
et vous ne vous faites point d'ennemis. Votre   5
esprit n'emprunte jamais ses agréments des
traits de la médisance ; vous ne dites de mal, ni
n'en faites, malgré la prodigieuse facilité que
vous y auriez. Enfin votre âme m'a toujours
paru pure comme votre beauté. Vous avez   10
même un petit fonds de philosophie qui m'a
fait croire que vous prendriez plus de goût
qu'une autre à cet ouvrage d'un sage.

   Il fut écrit d'abord en ancien chaldéen, que
ni vous ni moi n'entendons. On le traduisit en   15
arabe, pour amuser le célèbre sultan Ouloug-
beg. C'était du temps où les Arabes et les Per-
sans commençaient à écrire des Mille et Une
Nuits, *des* Mille et Un Jours, *etc. Ouloug aimait*
mieux la lecture de Zadig *; mais les sultanes*   20
aimaient mieux les Mille et Un. *« Comment*
pouvez-vous préférer, leur disait le sage Ouloug,
des contes qui sont sans raison et qui ne signi-
fient rien ? — C'est précisément pour cela que
nous les aimons », répondaient les sultanes.   25

   Je me flatte que vous ne leur ressemblerez
pas, et que vous serez un vrai Ouloug. J'espère
même que, quand vous serez lasse des conver-
sations générales, qui ressemblent assez aux

Mille et Un, *à cela près qu'elles sont moins amusantes, je pourrai trouver une minute pour avoir l'honneur de vous parler raison. Si vous aviez été Thalestris du temps de Scander, fils de Philippe[1] ; si vous aviez été la reine de Sabée du temps de Soleiman, c'eussent été ces rois qui auraient fait le voyage.*

Je prie les vertus célestes que vos plaisirs soient sans mélange, votre beauté durable, et votre bonheur sans fin.

SADI.

---

1. Il s'agit de «la prétendue Thalestris, reine des Amazones, qui vint trouver Alexandre pour le prier de lui faire un enfant» (*Le Pyrrhonisme de l'histoire*, 1768, chap. IX). Scander est le nom turc d'Alexandre.

CHAPITRE PREMIER

LE BORGNE

Au temps du roi Moabdar il y avait à Babylone un jeune homme nommé Zadig, né avec un beau naturel fortifié par l'éducation. Quoique riche et jeune, il savait modérer ses passions ; il n'affectait rien ; il ne voulait point toujours avoir raison, et savait respecter la faiblesse des hommes. On était étonné de voir qu'avec beaucoup d'esprit il n'insultât jamais par des railleries à ces propos si vagues, si rompus, si tumultueux, à ces médisances téméraires, à ces décisions ignorantes, à ces turlupinades grossières, à ce vain bruit de paroles, qu'on appelait *conversation* dans Babylone. Il avait appris, dans le premier livre

de Zoroastre[1], que l'amour-propre est un ballon gonflé de vent, dont il sort des tempêtes
quand on lui a fait une piqûre. Zadig surtout
ne se vantait pas de mépriser les femmes et de
les subjuguer. Il était généreux ; il ne craignait
point d'obliger des ingrats, suivant ce grand
précepte de Zoroastre : *Quand tu manges,*
donne à manger aux chiens, dussent-ils te
mordre. Il était aussi sage qu'on peut l'être,
car il cherchait à vivre avec des sages. Instruit
dans les sciences des anciens Chaldéens, il
n'ignorait pas les principes physiques de la
nature tels qu'on les connaissait alors, et savait
de la métaphysique ce qu'on en a su dans tous
les âges, c'est-à-dire fort peu de chose. Il était
fermement persuadé que l'année était de trois
cent soixante et cinq jours et un quart, malgré
la nouvelle philosophie de son temps, et que le
soleil était au centre du monde ; et quand les
principaux mages lui disaient, avec une hau-
teur insultante, qu'il avait de mauvais sentiments, et que c'était être ennemi de l'État que
de croire que le soleil tournait sur lui-même et
que l'année avait douze mois, il se taisait sans
colère et sans dédain.

1. Sur Zoroastre, la grande source de Voltaire est le livre
de Hyde, *Historia religionis veterum Persarum* (1700),
dont Bayle s'était déjà largement inspiré dans l'article
« Zoroastre » de son *Dictionnaire* (1697).

Zadig, avec de grandes richesses, et par
conséquent avec des amis, ayant de la santé,
une figure aimable, un esprit juste et modéré,
un cœur sincère et noble, crut qu'il pouvait
être heureux. Il devait se marier à Sémire[1],
que sa beauté, sa naissance et sa fortune ren-
daient le premier parti de Babylone. Il avait
pour elle un attachement solide et vertueux, et
Sémire l'aimait avec passion. Ils touchaient au
moment fortuné qui allait les unir, lorsque, se
promenant ensemble vers une porte de Babylone, sous les palmiers qui ornaient le rivage
de l'Euphrate, ils virent venir à eux des
hommes armés de sabres et de flèches. C'était
les satellites du jeune Orcan[2], neveu d'un
ministre, à qui les courtisans de son oncle
avaient fait accroire que tout lui était permis.
Il n'avait aucune des grâces ni des vertus de
Zadig; mais, croyant valoir beaucoup mieux,
il était désespéré de n'être pas préféré. Cette

1. Le nom de Sémire rappelle celui de Semirem ou Sémiramis, type de l'infidélité conjugale. Voltaire a composé sa
tragédie de *Sémiramis* en même temps qu'il travaillait à
Zadig.
2. Orcan est un nom oriental. On trouve un Orcan fils
d'Othman Ier et père d'Amurat Ier (*Essai sur les mœurs*,
1756, chap. LXXXVII). Dans *Bajazet* (III, VIII), Racine fait
d'Orcan l'eunuque noir qui porte à Roxane l'ordre de la
mort de Bajazet. Voltaire n'a sans doute pas négligé un rap-
prochement avec Rohan, le « brave chevalier » qui l'avait
fait bâtonner en 1726.

jalousie, qui ne venait que de sa vanité, lui fit
penser qu'il aimait éperdument Sémire. Il
voulait l'enlever. Les ravisseurs la saisirent, et
dans les emportements de leur violence ils la
5 blessèrent, et firent couler le sang d'une personne dont la vue aurait attendri les tigres du
mont Imaüs[1]. Elle perçait le ciel de ses
plaintes. Elle s'écriait : « Mon cher époux ! on
m'arrache à ce que j'adore ! » Elle n'était point
10 occupée de son danger ; elle ne pensait qu'à
son cher Zadig. Celui-ci, dans le même temps,
la défendait avec toute la force que donnent la
valeur et l'amour. Aidé seulement de deux
esclaves, il mit les ravisseurs en fuite et ramena
15 chez elle Sémire, évanouie et sanglante, qui en
ouvrant les yeux vit son libérateur. Elle lui dit :
« Ô Zadig ! je vous aimais comme mon
époux ; je vous aime comme celui à qui je dois
l'honneur et la vie. » Jamais il n'y eut un cœur
20 plus pénétré que celui de Sémire ; Jamais
bouche plus ravissante n'exprima des sentiments plus touchants par ces paroles de feu
qu'inspirent le sentiment du plus grand des
bienfaits et le transport le plus tendre de
25 l'amour le plus légitime. Sa blessure était

---

1. Imaüs, nom donné par les Anciens à deux chaînes de
montagnes faisant partie de l'Himalaya et du Bolor actuels,
qui étaient célèbres pour leurs bêtes sauvages.

légère ; elle guérit bientôt. Zadig était blessé
plus dangereusement ; un coup de flèche reçu
près de l'œil lui avait fait une plaie profonde.
Sémire ne demandait aux dieux que la guéri-
son de son amant. Ses yeux étaient nuit et jour   5
baignés de larmes : elle attendait le moment
où ceux de Zadig pourraient jouir de ses
regards ; mais un abcès survenu à l'œil blessé
fit tout craindre. On envoya jusqu'à Memphis
chercher le grand médecin Hermès[1], qui vint   10
avec un nombreux cortège. Il visita le malade,
et déclara qu'il perdrait l'œil ; il prédit même
le jour et l'heure où ce funeste accident devait
arriver. « Si c'eût été l'œil droit, dit-il, je l'aurais guéri ; mais les plaies de l'œil gauche sont   15
incurables. » Tout Babylone, en plaignant la
destinée de Zadig, admira la profondeur de la
science d'Hermès. Deux jours après, l'abcès
perça de lui-même. Zadig fut guéri parfaitement. Hermès écrivit un livre où il lui prouva   20
qu'il n'avait pas dû guérir. Zadig ne le lut
point ; mais, dès qu'il put sortir, il se prépara à

---

1. Le « grand médecin Hermès » est sans doute une allusion au grand Hermès Trismégiste, considéré encore d'après
le voyageur Jean Chardin (*Voyage en Perse et aux Indes
orientales*, 1711, V, 291) comme un des grands maîtres de
la médecine dans la Perse moderne, et dont Voltaire sou-
tiendra toujours l'origine égyptienne (notamment dans *La
Princesse de Babylone*, 1768). Memphis est la capitale de
l'Ancien Empire d'Égypte.

rendre visite à celle qui faisait l'espérance du
bonheur de sa vie et pour qui seule il voulait
avoir des yeux. Sémire était à la campagne
depuis trois jours. Il apprit en chemin que cette
5 belle dame, ayant déclaré hautement qu'elle
avait une aversion insurmontable pour les
borgnes, venait de se marier à Orcan la nuit
même. À cette nouvelle, il tomba sans connaissance ; sa douleur le mit au bord du tombeau ; il
10 fut longtemps malade ; mais enfin la raison
l'emporta sur son affliction, et l'atrocité de ce
qu'il éprouvait servit même à le consoler.

« Puisque j'ai essuyé, dit-il, un si cruel
caprice d'une fille élevée à la cour, il faut que
15 j'épouse une citoyenne. » Il choisit Azora, la
plus sage et la mieux née de la ville ; il
l'épousa et vécut un mois avec elle dans les
douceurs de l'union la plus tendre. Seulement
il remarquait en elle un peu de légèreté et
20 beaucoup de penchant à trouver toujours que
les jeunes gens les mieux faits étaient ceux qui
avaient le plus d'esprit et de vertu.

CHAPITRE II

LE NEZ[1]

Un jour Azora revint d'une promenade tout
en colère et faisant de grandes exclamations.
« Qu'avez-vous, lui dit-il, ma chère épouse ?
qui vous peut mettre ainsi hors de vous-
même ? — Hélas ! dit-elle, vous seriez indigné   5
comme moi si vous aviez vu le spectacle dont
je viens d'être témoin. J'ai été consoler la
jeune veuve Cosrou, qui vient d'élever depuis
deux jours un tombeau à son jeune époux
auprès du ruisseau qui borde cette prairie. Elle   10
a promis aux dieux, dans sa douleur, de
demeurer auprès de ce tombeau tant que l'eau
de ce ruisseau coulerait auprès. — Eh bien !
dit Zadig, voilà une femme estimable, qui
aimait véritablement son mari ! — Ah ! reprit   15
Azora, si vous saviez à quoi elle s'occupait

1. Voltaire s'inspire ici de l'histoire de la matrone
d'Éphèse (Pétrone, *Satiricon*, chap. CXI-CXII), dont Saint-
Évremond avait fait une adaptation et dont La Fontaine
avait tiré son conte *La Matrone d'Éphèse* (1682). Voltaire
l'enjolive au moyen d'un récit chinois fourni par le *Recueil*
de du Halde (1674-1743) : celui du lettré Tchoang-tsé et de
sa femme Tien.

quand je lui ai rendu visite ! — À quoi donc,
belle Azora ? — Elle faisait détourner le ruisseau. » Azora se répandit en des invectives si
longues, éclata en reproches si violents contre
la jeune veuve, que ce faste de vertu ne plut
pas à Zadig.

Il avait un ami, nommé Cador, qui était un
de ces jeunes gens à qui sa femme trouvait
plus de probité et de mérite qu'aux autres : il
le mit dans sa confidence et s'assura, autant
qu'il le pouvait, de sa fidélité par un présent
considérable. Azora, ayant passé deux jours
chez une de ses amies à la campagne, revint le
troisième jour à la maison. Des domestiques
en pleurs lui annoncèrent que son mari était
mort subitement la nuit même, qu'on n'avait
pas osé lui porter cette funeste nouvelle, et
qu'on venait d'ensevelir Zadig dans le tombeau de ses pères, au bout du jardin. Elle
pleura, s'arracha les cheveux et jura de mourir.
Le soir, Cador lui demanda la permission de lui
parler, et ils pleurèrent tous deux. Le lendemain, ils pleurèrent moins et dînèrent ensemble.
Cador lui confia que son ami lui avait laissé la
plus grande partie de son bien, et lui fit
entendre qu'il mettrait son bonheur à partager
sa fortune avec elle. La dame pleura, se fâcha,
s'adoucit ; le souper fut plus long que le dîner ;
on se parla avec plus de confiance : Azora fit

l'éloge du défunt; mais elle avoua qu'il avait des défauts dont Cador était exempt.

Au milieu du souper, Cador se plaignit d'un mal de rate violent; la dame, inquiète et empressée, fit apporter toutes les essences dont elle se parfumait, pour essayer s'il n'y en avait pas quelqu'une qui fût bonne pour le mal de rate; elle regretta beaucoup que le grand Hermès ne fût pas encore à Babylone; elle daigna même toucher le côté où Cador sentait de si vives douleurs. « Êtes-vous sujet à cette cruelle maladie? lui dit-elle avec compassion. — Elle me met quelquefois au bord du tombeau, lui répondit Cador, et il n'y a qu'un seul remède qui puisse me soulager; c'est de m'appliquer sur le côté le nez d'un homme qui soit mort la veille. — Voilà un étrange remède, dit Azora. — Pas plus étrange, répondit-il, que les sachets du sieur Arnou*[1] contre l'apoplexie. » Cette raison, jointe à l'extrême mérite

* Il y avait dans ce temps un Babylonien, nommé Arnou, qui guérissait et prévenait toutes les apoplexies, dans les gazettes, avec un sachet pendu au cou. (Note de Voltaire.)

1. Dans la note de Voltaire, l'orthographe *Arnou* est curieuse; le mot était correctement orthographié *Arnoult* dans le premier *Memnon* : sans doute Voltaire a-t-il voulu lui donner dans *Zadig* une couleur plus orientale! Le sieur Arnoult, qui tenait une officine rue des Cinq-Diamants, à Paris, et qui faisait dans le *Mercure de France* une grande publicité, s'était acquis beaucoup de renommée dans les années 1747-1748 en vendant des sachets « anti-apoplectiques ».

du jeune homme, détermina enfin la dame.
«Après tout, dit-elle, quand mon mari passera
du monde d'hier dans le monde du lendemain
sur le pont Tchinavar[1], l'ange Asraël lui
5   accordera-t-il moins le passage, parce que son
nez sera un peu moins long dans la seconde
vie que dans la première?» Elle prit donc un
rasoir; elle alla au tombeau de son époux, l'ar-
rosa de ses larmes, et s'approcha pour couper
10   le nez à Zadig, qu'elle trouva tout étendu dans
la tombe. Zadig se relève en tenant son nez
d'une main et arrêtant le rasoir de l'autre.
«Madame, lui dit-il, ne criez plus tant contre
la jeune Cosrou; le projet de me couper le nez
15   vaut bien celui de détourner un ruisseau. »

CHAPITRE III

LE CHIEN ET LE CHEVAL

Zadig éprouva que le premier mois du
mariage, comme il est écrit dans le livre du

---

1. C'est dans les extraits de Sadder donnés par Hyde que
Voltaire a trouvé le nom de ce pont Tchinavar, par lequel,
dans la doctrine de Zoroastre, passent les âmes des justes,
avant de connaître une éternité de délices.

Zend, est la lune du miel, et que le second est la lune de l'absinthe. Il fut quelque temps après obligé de répudier Azora qui était devenue trop difficile à vivre, et il chercha son bonheur dans l'étude de la nature. « Rien n'est plus heureux, disait-il, qu'un philosophe qui lit dans ce grand livre que Dieu a mis sous nos yeux. Les vérités qu'il découvre sont à lui ; il nourrit et il élève son âme ; il vit tranquille ; il ne craint rien des hommes, et sa tendre épouse ne vient point lui couper le nez. »

Plein de ces idées, il se retira dans une maison de campagne sur les bords de l'Euphrate. Là il ne s'occupait pas à calculer combien de pouces d'eau coulaient en une seconde sous les arches d'un pont, ou s'il tombait une ligne cube de pluie dans le mois de la souris plus que dans le mois du mouton. Il n'imaginait point de faire de la soie avec des toiles d'araignée, ni de la porcelaine avec des bouteilles cassées ; mais il étudia surtout les propriétés des animaux et des plantes, et il acquit bientôt une sagacité qui lui découvrait mille différences où les autres hommes ne voient rien que d'uniforme.

Un jour[1], se promenant auprès d'un petit bois, il vit accourir à lui un eunuque de la

---

1. Voltaire adapte ici un conte oriental qu'il a trouvé dans d'Herbelot (*Bibliothèque orientale*, art. « Arab », 112 *b*), publié dans le *Mercure* de juin 1712 par Dufresny.

reine, suivi de plusieurs officiers qui paraissaient dans la plus grande inquiétude, et qui
couraient çà et là, comme des hommes égarés
qui cherchent ce qu'ils ont perdu de plus
5   précieux. «Jeune homme, lui dit le premier
eunuque, n'avez-vous point vu le chien de la
reine?» Zadig répondit modestement : «C'est
une chienne, et non pas un chien. — Vous avez
raison, reprit le premier eunuque. — C'est une
10 épagneule très petite, ajouta Zadig. Elle a fait
depuis peu des chiens; elle boite du pied
gauche de devant et elle a les oreilles très
longues. — Vous l'avez donc vue? dit le premier eunuque tout essoufflé. — Non, répondit
15 Zadig, je ne l'ai jamais vue, et je n'ai jamais
su si la reine avait une chienne.»

Précisément dans le même temps, par une
bizarrerie ordinaire de la fortune, le plus beau
cheval de l'écurie du roi s'était échappé des
20 mains d'un palefrenier dans les plaines de
Babylone. Le grand veneur et tous les autres
officiers couraient après lui avec autant d'inquiétude que le premier eunuque après la
chienne. Le grand veneur s'adressa à Zadig et
25 lui demanda s'il n'avait point vu passer le cheval du roi. «C'est, répondit Zadig, le cheval
qui galope le mieux; il a cinq pieds de haut, le
sabot fort petit; il porte une queue de trois
pieds et demi de long; les bossettes de son

mors sont d'or à vingt-trois carats; ses fers sont d'argent à onze deniers. — Quel chemin a-t-il pris? où est-il? demanda le grand veneur. — Je ne l'ai point vu, répondit Zadig, et je n'en ai jamais entendu parler. »

Le grand veneur et le premier eunuque ne doutèrent pas que Zadig n'eût volé le cheval du roi et la chienne de la reine; ils le firent conduire devant l'assemblée du grand deste-rham[1], qui le condamna au knout et à passer le reste de ses jours en Sibérie. À peine le juge-ment fut-il rendu qu'on retrouva le cheval et la chienne. Les juges furent dans la doulou-reuse nécessité de réformer leur arrêt; mais ils condamnèrent Zadig à payer quatre cents onces d'or pour avoir dit qu'il n'avait point vu ce qu'il avait vu. Il fallut d'abord payer cette amende; après quoi il fut permis à Zadig de plaider sa cause au conseil du grand deste-rham; il parla en ces termes:

« Étoiles de justice, abîmes de science, miroirs de vérité, qui avez la pesanteur du plomb, la dureté du fer, l'éclat du diamant et

---

1. *Desterham* est une altération de *Defterdar*, «celui qui tient les rôles de la milice et des finances chez les Persans et chez les Turcs» (d'Herbelot, *Bibliothèque orientale*, 264 *a*). Voltaire n'a pas pris la peine de corriger la forme du mot dans les éditions ultérieures du conte. Quant à la mention du knout qui suit, elle est, bien évidemment, un anachronisme plaisant.

beaucoup d'affinité avec l'or ! Puisqu'il m'est
permis de parler devant cette auguste assemblée, je vous jure par Orosmade[1] que je n'ai
jamais vu la chienne respectable de la reine, ni
5   le cheval sacré du roi des rois. Voici ce qui
m'est arrivé. Je me promenais vers le petit bois,
où j'ai rencontré depuis le vénérable eunuque
et le très illustre grand veneur. J'ai vu sur le
sable les traces d'un animal, et j'ai jugé aisé-
10   ment que c'étaient celles d'un petit chien. Des
sillons légers et longs, imprimés sur de petites
éminences de sable, entre les traces des pattes,
m'ont fait connaître que c'était une chienne
dont les mamelles étaient pendantes, et qu'ainsi
15   elle avait fait des petits il y a peu de jours.
D'autres traces en un sens différent, qui
paraissaient toujours avoir rasé la surface du
sable à côté des pattes de devant, m'ont appris
qu'elle avait les oreilles très longues ; et
20   comme j'ai remarqué que le sable était toujours moins creusé par une patte que par trois
autres, j'ai compris que la chienne de notre
auguste reine était un peu boiteuse, si je l'ose
dire.

1. Orosmade est le nom du principe du bien dans la religion des mages, hellénisé d'après l'original Ormuzd. Le
principe du mal, Ahriman, va donner son nom à l'Envieux,
Arimaze : nouveau témoignage de l'importance que Voltaire attache au choix des noms de ses personnages.

« À l'égard du cheval du roi des rois, vous saurez que, me promenant dans les routes de ce bois, j'ai aperçu les marques des fers d'un cheval ; elles étaient toutes à égales distances. "Voilà, ai-je dit, un cheval qui a un galop parfait." La poussière des arbres, dans une route étroite qui n'a que sept pieds de large, était un peu enlevée à droite et à gauche, à trois pieds et demi du milieu de la route. "Ce cheval, ai-je dit, a une queue de trois pieds et demi, qui, par ses mouvements de droite et de gauche, a balayé cette poussière." J'ai vu sous les arbres, qui formaient un berceau de cinq pieds de haut, les feuilles des branches nouvellement tombées, et j'ai connu que ce cheval y avait touché, et qu'ainsi il avait cinq pieds de haut. Quant à son mors, il doit être d'or à vingt-trois carats : car il en a frotté les bossettes contre une pierre que j'ai reconnu être une pierre de touche et dont j'ai fait l'essai. J'ai jugé enfin, par les marques que ses fers ont laissées sur des cailloux d'une autre espèce, qu'il était ferré d'argent à onze deniers de fin. »

Tous les juges admirèrent le profond et subtil discernement de Zadig ; la nouvelle en vint jusqu'au roi et à la reine. On ne parlait que de Zadig dans les antichambres, dans la chambre et dans le cabinet ; et, quoique plusieurs mages opinassent qu'on devait le brûler comme sor-

cier, le roi ordonna qu'on lui rendît l'amende
de quatre cents onces d'or à laquelle il avait
été condamné. Le greffier, les huissiers, les
procureurs, vinrent chez lui en grand appareil
5 lui rapporter ses quatre cents onces ; ils en
retinrent seulement trois cent quatre-vingt-
dix-huit pour les frais de justice, et leurs valets
demandèrent des honoraires.

Zadig vit combien il était dangereux quel-
10 quefois d'être trop savant, et se promit bien, à
la première occasion, de ne point dire ce qu'il
avait vu.

Cette occasion se trouva bientôt. Un prison-
nier d'État s'échappa ; il passa sous les fenêtres
15 de sa maison. On interrogea Zadig, il ne répondit rien ; mais on lui prouva qu'il avait regardé
par la fenêtre. Il fut condamné pour ce crime à
cinq cents onces d'or, et il remercia ses juges
de leur indulgence, selon la coutume de Baby-
20 lone. « Grand Dieu ! dit-il en lui-même, qu'on
est à plaindre quand on se promène dans un
bois où la chienne de la reine et le cheval du
roi ont passé ! qu'il est dangereux de se mettre
à la fenêtre ! et qu'il est difficile d'être heu-
25 reux dans cette vie ! »

CHAPITRE IV

L'ENVIEUX

Zadig voulut se consoler par la philosophie et par l'amitié des maux que lui avait faits la fortune. Il avait, dans un faubourg de Babylone, une maison ornée avec goût, où il rassemblait tous les arts et tous les plaisirs dignes d'un honnête homme. Le matin, sa bibliothèque était ouverte à tous les savants ; le soir, sa table l'était à la bonne compagnie ; mais il connut bientôt combien les savants sont dangereux. Il s'éleva une grande dispute sur une loi de Zoroastre qui défendait de manger du griffon[1]. «Comment défendre le griffon, disaient les uns, si cet animal n'existe pas ? — Il faut bien qu'il existe, disaient les autres, puisque Zoroastre ne veut pas qu'on en mange. » Zadig voulut les accorder, en leur disant : « S'il y a

_____

1. Le *griffon* est ici l'animal fabuleux, moitié aigle, moitié lion, dont on trouve la figure sur les monuments orientaux. Voltaire mettra des griffons à côté du phénix dans *La Princesse de Babylone* (1768). À travers la loi de Zoroastre (qui n'y fait pas allusion), c'est en réalité la loi mosaïque interdisant de manger l'aigle, le gypaète et le griffon (Deutéronome, XIV, 12-3) qui est visée.

des griffons, n'en mangeons point ; s'il n'y en
a point, nous en mangerons encore moins, et
par là nous obéirons tous à Zoroastre. »

5   Un savant, qui avait composé treize volumes
sur les propriétés du griffon, et qui de plus
était grand théurgite, se hâta d'aller accuser
Zadig devant un archimage nommé Yébor[1], le
plus sot des Chaldéens, et partant le plus fana-
10   tique. Cet homme aurait fait empaler Zadig
pour la plus grande gloire du soleil, et en
aurait récité le bréviaire de Zoroastre d'un ton
plus satisfait. L'ami Cador (un ami vaut mieux
que cent prêtres) alla trouver le vieux Yébor,
et lui dit : « Vivent le soleil et les griffons !
15   gardez-vous bien de punir Zadig : c'est un
saint ; il a des griffons dans sa basse-cour, et il
n'en mange point ; et son accusateur est un
hérétique qui ose soutenir que les lapins ont le
pied fendu et ne sont point immondes. — Eh
20   bien ! dit Yébor en branlant sa tête chauve, il
faut empaler Zadig pour avoir mal pensé des
griffons, et l'autre pour avoir mal parlé des
lapins. » Cador apaisa l'affaire par le moyen

---

1. Yébor : anagramme de Boyer, théatin (l'ordre des théa-
tins avait été fondé au XVIᵉ siècle). Boyer, inquiet de la portée des *Lettres philosophiques* (1734), s'était montré hostile
à Voltaire après la publication de cet ouvrage et l'avait des-
servi à la cour. Ce dernier le poursuivit sans trêve de sa ran-
cœur.

d'une fille d'honneur à laquelle il avait fait un
enfant, et qui avait beaucoup de crédit dans le
collège des mages. Personne ne fut empalé ;
de quoi plusieurs docteurs murmurèrent, et en
présagèrent la décadence de Babylone. Zadig
s'écria : « À quoi tient le bonheur ! tout me
persécute dans ce monde, jusqu'aux êtres qui
n'existent pas. » Il maudit les savants, et ne
voulut plus vivre qu'en bonne compagnie.

Il rassemblait chez lui les plus honnêtes gens
de Babylone et les dames les plus aimables ; il
donnait des soupers délicats, souvent précédés
de concerts, et animés par des conversations
charmantes dont il avait su bannir l'empresse-
ment de montrer de l'esprit, qui est la plus
sûre manière de n'en point avoir et de gâter la
société la plus brillante. Ni le choix de ses
amis ni celui des mets n'étaient faits par la
vanité : car en tout il préférait l'être au paraître ;
et par là il s'attirait la considération véritable,
à laquelle il ne prétendait pas.

Vis-à-vis sa maison demeurait Arimaze,
personnage dont la méchante âme était peinte
sur sa grossière physionomie. Il était rongé de
fiel et bouffi d'orgueil ; et, pour comble, c'était
un bel esprit ennuyeux. N'ayant jamais pu
réussir dans le monde, il se vengeait par en
médire. Tout riche qu'il était, il avait de la
peine à rassembler chez lui des flatteurs. Le

bruit des chars qui entraient le soir chez Zadig
l'importunait, le bruit de ses louanges l'irritait
davantage. Il allait quelquefois chez Zadig, et
se mettait à table sans être prié : il y corrom-
pait toute la joie de la société, comme on dit
que les harpies infectent les viandes qu'elles
touchent. Il lui arriva un jour de vouloir donner une fête à une dame qui, au lieu de la recevoir, alla souper chez Zadig. Un autre jour,
causant avec lui dans le palais, ils abordèrent
un ministre qui pria Zadig à souper, et ne pria
point Arimaze. Les plus implacables haines
n'ont pas souvent des fondements plus importants. Cet homme, qu'on appelait l'Envieux
dans Babylone, voulut perdre Zadig parce
qu'on l'appelait l'Heureux. L'occasion de faire
du mal se trouve cent fois par jour, et celle de
faire du bien une fois dans l'année, comme dit
Zoroastre.

L'envieux alla chez Zadig, qui se promenait
dans ses jardins avec deux amis et une dame,
à laquelle il disait souvent des choses galantes,
sans autre intention que celle de les dire. La
conversation roulait sur une guerre que le roi
venait de terminer heureusement contre le
prince d'Hyrcanie, son vassal. Zadig, qui avait
signalé son courage dans cette courte guerre,
louait beaucoup le roi, et encore plus la dame.
Il prit ses tablettes, et écrivit quatre vers qu'il

fit sur-le-champ et qu'il donna à lire à cette
belle personne. Ses amis le prièrent de leur en
faire part; la modestie, ou plutôt un amour-
propre bien entendu, l'en empêcha. Il savait
que des vers impromptus ne sont jamais bons   5
que pour celle en l'honneur de qui ils sont
faits : il brisa en deux la feuille des tablettes
sur laquelle il venait d'écrire, et jeta les deux
moitiés dans un buisson de roses où on les
chercha inutilement. Une petite pluie survint;   10
on regagna la maison. L'envieux, qui resta
dans le jardin, chercha tant qu'il trouva un
morceau de la feuille. Elle avait été tellement
rompue que chaque moitié de vers qui remplissait la ligne faisait un sens, et même un vers   15
d'une plus petite mesure; mais, par un hasard
encore plus étrange, ces petits vers se trou-
vaient former un sens qui contenait les injures
les plus horribles contre le roi. On y lisait[1] :

1. Cette anecdote a sans doute son origine dans une aventure arrivée à Voltaire au moment où il publiait son *Poème
de Fontenoy*. Nous sommes en juin 1745 : il jouit alors
d'une grande faveur et cette œuvre majestueuse, composée
dans le ton du panégyrique, de l'éloge, ne peut qu'avancer
ses affaires. Or, voici que son ennemi acharné, le poète Roy,
fait circuler, écrite sur le mode burlesque, une *Satire sur le
poème de Fontenoy*, laquelle, attribuée à Voltaire, pouvait le
rendre suspect d'une sacrilège duplicité. La riposte de Voltaire n'est pas sans intérêt pour le commentaire de ce passage de *Zadig* : aux pieds d'une déesse, sur l'estampe qu'il
met en tête de son opéra, *Le Temple de la Gloire*, autre

> *Par les plus grands forfaits*
> *Sur le trône affermi,*
> *Dans la publique paix*
> *C'est le seul ennemi.*

5   L'envieux fut heureux pour la première fois
de sa vie. Il avait entre les mains de quoi perdre
un homme vertueux et aimable. Plein de cette
cruelle joie, il fit parvenir jusqu'au roi cette
satire de la main de Zadig : on le fit mettre en
10   prison, lui, ses deux amis et la dame. Son procès
lui fut bientôt fait, sans qu'on daignât l'entendre. Lorsqu'il vint recevoir sa sentence, l'envieux se trouva sur son passage, et lui dit tout
haut que ses vers ne valaient rien. Zadig ne se
15   piquait pas d'être bon poète ; mais il était au
désespoir d'être condamné comme criminel de
lèse-majesté et de voir qu'on retînt en prison
une belle dame et deux amis pour un crime qu'il
n'avait pas fait. On ne lui permit pas de parler,
20   parce que ses tablettes parlaient. Telle était la
loi de Babylone. On le fit donc aller au supplice
à travers une foule de curieux, dont aucun
n'osait le plaindre, et qui se précipitaient pour
examiner son visage et pour voir s'il mourrait

œuvre de commande, il fait figurer son ennemi sous les
traits de l'Envie.

avec bonne grâce. Ses parents seulement étaient
affligés, car ils n'héritaient pas. Les trois quarts
de son bien étaient confisqués au profit du roi,
et l'autre quart au profit de l'envieux.

Dans le temps qu'il se préparait à la mort, le
perroquet du roi s'envola de son balcon, et
s'abattit dans le jardin de Zadig sur un buisson
de roses. Une pêche y avait été portée d'un
arbre voisin par le vent : elle était tombée sur un
morceau de tablette à écrire auquel elle s'était
collée. L'oiseau enleva la pêche et la tablette, et
les porta sur les genoux du monarque. Le
prince, curieux, y lut des mots qui ne formaient
aucun sens, et qui paraissaient des fins de vers.
Il aimait la poésie, et il y a toujours de la ressource avec les princes qui aiment les vers :
l'aventure de son perroquet le fit rêver. La
reine, qui se souvenait de ce qui avait été écrit
sur une pièce de la tablette de Zadig, se la fit
apporter. On confronta les deux morceaux, qui
s'ajustaient ensemble parfaitement ; on lut
alors les vers tels que Zadig les avait faits :

Par les plus grands forfaits j'ai vu troubler la
*   [terre.*
Sur le trône affermi, le roi sait tout dompter.
Dans la publique paix l'amour seul fait la
*   [guerre :*
C'est le seul ennemi qui soit à redouter.

Le roi ordonna aussitôt qu'on fît venir Zadig
devant lui, et qu'on fît sortir de prison ses
deux amis et la belle dame. Zadig se jeta le
visage contre terre aux pieds du roi et de la
5   reine : il leur demanda très humblement pardon d'avoir fait de mauvais vers ; il parla avec
tant de grâce, d'esprit et de raison que le roi et
la reine voulurent le revoir. Il revint, et plut
encore davantage. On lui donna tous les biens
10 de l'envieux qui l'avait injustement accusé ;
mais Zadig les rendit tous, et l'envieux ne fut
touché que du plaisir de ne pas perdre son
bien. L'estime du roi s'accrut de jour en jour
pour Zadig. Il le mettait de tous ses plaisirs et
15 le consultait dans toutes ses affaires. La reine
le regarda dès lors avec une complaisance qui
pouvait devenir dangereuse pour elle, pour le
roi son auguste époux, pour Zadig et pour le
royaume. Zadig commençait à croire qu'il
20 n'est pas si difficile d'être heureux.

CHAPITRE V

LES GÉNÉREUX

Le temps arriva où l'on célébrait une grande fête qui revenait tous les cinq ans. C'était la coutume à Babylone de déclarer solennellement, au bout de cinq années, celui des citoyens qui avait fait l'action la plus généreuse[1]. Les grands et les mages étaient les juges. Le premier satrape, chargé du soin de la ville, exposait les plus belles actions qui s'étaient passées sous son gouvernement. On allait aux voix ; le roi prononçait le jugement. On venait à cette solennité des extrémités de la terre. Le vainqueur recevait des mains du monarque une coupe d'or garnie de pierreries, et le roi lui disait ces paroles : *Recevez ce prix de la générosité, et puissent les dieux me donner beaucoup de sujets qui vous ressemblent !*

Ce jour mémorable venu, le roi parut sur son trône, environné des grands, des mages, et

---

1. L'idée de cette « action la plus généreuse » est chère à Voltaire : on la trouve aussi bien dans le *Dictionnaire philosophique* (1764, article « De la Chine »), que dans l'*Avis au public sur les parricides imputés aux Calas et aux Sirven* (1766) ou dans *La Princesse de Babylone* (1768).

des députés de toutes les nations qui venaient
à ces jeux, où la gloire s'acquérait non par la
légèreté des chevaux, non par la force du corps,
mais par la vertu. Le premier satrape rapporta à
5   haute voix les actions qui pouvaient mériter à
leurs auteurs ce prix inestimable. Il ne parla
point de la grandeur d'âme avec laquelle Zadig
avait rendu à l'envieux toute sa fortune : ce
n'était pas une action qui méritât de disputer
10   le prix.

Il présenta d'abord un juge qui, ayant fait
perdre un procès considérable à un citoyen par
une méprise dont il n'était pas même respon-
sable, lui avait donné tout son bien, qui était la
15   valeur de ce que l'autre avait perdu.

Il produisit ensuite un jeune homme qui,
étant éperdument épris d'une fille qu'il allait
épouser, l'avait cédée à un ami près d'expirer
d'amour pour elle, et qui avait encore payé la
20   dot en cédant la fille.

Ensuite, il fit paraître un soldat qui, dans la
guerre d'Hyrcanie, avait donné encore un plus
grand exemple de générosité. Des soldats ennemis lui enlevaient sa maîtresse, et il la défendait
25   contre eux ; on vint lui dire que d'autres Hyrca-
niens enlevaient sa mère à quelques pas de là :
il quitta en pleurant sa maîtresse, et courut délivrer sa mère ; il retourna ensuite vers celle qu'il
aimait, et la trouva expirante. Il voulut se tuer ;

sa mère lui remontra qu'elle n'avait que lui
pour tout secours, et il eut le courage de souf-
frir la vie.

Les juges penchaient pour ce soldat. Le roi
prit la parole, et dit : « Son action et celles des
autres sont belles ; mais elles ne m'étonnent
point ; hier Zadig en a fait une qui m'a étonné.
J'avais disgracié depuis quelques jours mon
ministre et mon favori Coreb. Je me plaignais
de lui avec violence, et tous mes courtisans
m'assuraient que j'étais trop doux ; c'était à qui
me dirait le plus de mal de Coreb. Je demandai
à Zadig ce qu'il en pensait, et il osa en dire du
bien. J'avoue que j'ai vu, dans nos histoires,
des exemples qu'on a payé de son bien une
erreur, qu'on a cédé sa maîtresse, qu'on a préféré une mère à l'objet de son amour ; mais je
n'ai jamais lu qu'un courtisan ait parlé avanta-
geusement d'un ministre disgracié, contre qui
son souverain était en colère. Je donne vingt
mille pièces d'or à chacun de ceux dont on
vient de réciter les actions généreuses ; mais je
donne la coupe à Zadig.

— Sire, lui dit-il, c'est Votre Majesté seule
qui mérite la coupe, c'est elle qui a fait l'action la plus inouïe, puisque, étant roi, vous ne
vous êtes point fâché contre votre esclave,
lorsqu'il contredisait votre passion. »

On admira le roi et Zadig. Le juge qui avait

donné son bien, l'amant qui avait marié sa
maîtresse à son ami, le soldat qui avait préféré
le salut de sa mère à celui de sa maîtresse,
reçurent les présents du monarque ; ils virent
5   leurs noms écrits dans le livre des généreux.
Zadig eut la coupe. Le roi acquit la réputation
d'un bon prince, qu'il ne garda pas longtemps.
Ce jour fut consacré par des fêtes plus longues
que la loi ne le portait. La mémoire s'en
10 conserve encore dans l'Asie. Zadig disait : « Je
suis donc enfin heureux ! » Mais il se trompait.

CHAPITRE VI

LE MINISTRE

Le roi avait perdu son premier ministre. Il
choisit Zadig pour remplir cette place. Toutes
les belles dames de Babylone applaudirent à ce
15 choix ; car depuis la fondation de l'empire il
n'y avait jamais eu de ministre si jeune. Tous
les courtisans furent fâchés ; l'envieux en eut
un crachement de sang, et le nez lui enfla prodigieusement. Zadig, ayant remercié le roi et la
20 reine, alla remercier le perroquet : « Bel oiseau,
lui dit-il, c'est vous qui m'avez sauvé la vie, et

qui m'avez fait premier ministre : la chienne et
le cheval de Leurs Majestés m'avaient fait
beaucoup de mal, mais vous m'avez fait plus
de bien. Voilà donc de quoi dépendent les destins des hommes ! Mais, ajouta-t-il, un bonheur si étrange sera peut-être bientôt évanoui. »
Le perroquet répondit : « Oui. » Ce mot frappa
Zadig ; cependant, comme il était bon physi-
cien et qu'il ne croyait pas que les perroquets
fussent prophètes, il se rassura bientôt et se
mit à exercer son ministère de son mieux.

Il fit sentir à tout le monde le pouvoir sacré
des lois, et ne fit sentir à personne le poids de
sa dignité. Il ne gêna point les voix du divan, et
chaque visir pouvait avoir un avis sans lui
déplaire. Quand il jugeait une affaire, ce n'était
pas lui qui jugeait, c'était la loi ; mais, quand
elle était trop sévère, il la tempérait, et, quand
on manquait de lois, son équité en faisait qu'on
aurait prises pour celles de Zoroastre.

C'est de lui que les nations tiennent ce grand
principe : qu'il vaut mieux hasarder de sauver
un coupable que de condamner un innocent. Il
croyait que les lois étaient faites pour secourir
les citoyens autant que pour les intimider. Son
principal talent était de démêler la vérité, que
tous les hommes cherchent à obscurcir.

Dès les premiers jours de son administration
il mit ce grand talent en usage. Un fameux

négociant de Babylone était mort aux Indes ; il
avait fait ses héritiers ses deux fils par por-
tions égales, après avoir marié leur sœur, et il
laissait un présent de trente mille pièces d'or à
5 celui de ses deux fils qui serait jugé l'aimer
davantage. L'aîné lui bâtit un tombeau, le
second augmenta d'une partie de son héritage
la dot de sa sœur ; chacun disait : « C'est l'aîné
qui aime le mieux son père ; le cadet aime
10 mieux sa sœur ; c'est à l'aîné qu'appartiennent
les trente mille pièces. »

Zadig les fit venir tous deux l'un après
l'autre. Il dit à l'aîné : « Votre père n'est point
mort, il est guéri de sa dernière maladie, il
15 revient à Babylone. — Dieu soit loué, répondit
le jeune homme ; mais voilà un tombeau qui
m'a coûté bien cher ! » Zadig dit ensuite la
même chose au cadet. « Dieu soit loué, répondit-il, je vais rendre à mon père tout ce que j'ai ;
20 mais je voudrais qu'il laissât à ma sœur ce que
je lui ai donné. — Vous ne rendrez rien, dit
Zadig, et vous aurez les trente mille pièces :
c'est vous qui aimez le mieux votre père. »

Une fille fort riche avait fait une promesse
25 de mariage à deux mages, et, après avoir reçu
quelques mois des instructions de l'un et de
l'autre, elle se trouva grosse. Ils voulaient tous
deux l'épouser. « Je prendrai pour mon mari,
dit-elle, celui des deux qui m'a mise en état de

donner un citoyen à l'empire. — C'est moi qui
ai fait cette bonne œuvre, dit l'un. — C'est
moi qui ai eu cet avantage, dit l'autre. — Eh
bien ! répondit-elle, je reconnais pour père de
l'enfant celui des deux qui lui pourra donner 5
la meilleure éducation. » Elle accoucha d'un
fils. Chacun des mages veut l'élever. La cause
est portée devant Zadig. Il fait venir les deux
mages. « Qu'enseigneras-tu à ton pupile ? dit-
il au premier. — Je lui apprendrai, dit le doc- 10
teur, les huit parties d'oraison, la dialectique,
l'astrologie, la démonomanie, ce que c'est que
la substance et l'accident, l'abstrait et le
concret, les monades et l'harmonie préétablie.
— Moi, dit le second, je tâcherai de le rendre 15
juste et digne d'avoir des amis. » Zadig prononça : *Que tu sois son père ou non, tu épou-
seras sa mère.*

CHAPITRE VII

LES DISPUTES ET LES AUDIENCES

C'est ainsi qu'il montrait tous les jours la
subtilité de son génie et la bonté de son âme ; on 20
l'admirait, et cependant on l'aimait. Il passait

pour le plus fortuné de tous les hommes ; tout
l'empire était rempli de son nom ; toutes les
femmes le lorgnaient ; tous les citoyens célé-
braient sa justice ; les savants le regardaient
5 comme leur oracle ; les prêtres même avouaient
qu'il en savait plus que le vieux archimage
Yébor. On était bien loin alors de lui faire des
procès sur les griffons ; on ne croyait que ce qui
lui semblait croyable.

10 Il y avait une grande querelle dans Babylone, qui durait depuis quinze cents années, et
qui partageait l'empire en deux sectes opi-
niâtres : l'une prétendait qu'il ne fallait jamais
entrer dans le temple de Mithra que du pied
15 gauche ; l'autre avait cette coutume en abomination, et n'entrait jamais que du pied droit.
On attendait le jour de la fête solennelle du feu
sacré pour savoir quelle secte serait favorisée
par Zadig. L'univers avait les yeux sur ses
20 deux pieds, et toute la ville était en agitation et
en suspens. Zadig entra dans le temple en sau-
tant à pieds joints, et il prouva ensuite, par un
discours éloquent, que le Dieu du ciel et de la
terre, qui n'a acception de personne, ne fait
25 pas plus de cas de la jambe gauche que de la
jambe droite.

L'envieux et sa femme prétendirent que dans
son discours il n'y avait pas assez de figures,
qu'il n'avait pas fait assez danser les mon-

tagnes et les collines[1]. « Il est sec et sans génie,
disaient-ils : on ne voit chez lui ni la mer s'enfuir, ni les étoiles tomber, ni le soleil se fondre
comme la cire ; il n'a point le bon style oriental. » Zadig se contentait d'avoir le style de la   5
raison. Tout le monde fut pour lui, non pas
parce qu'il était dans le bon chemin, non pas
parce qu'il était raisonnable, non pas parce
qu'il était aimable, mais parce qu'il était premier visir.   10

Il termina aussi heureusement le grand procès entre les mages blancs et les mages noirs.
Les blancs soutenaient que c'était une impiété
de se tourner, en priant Dieu, vers l'orient
d'hiver ; les noirs assuraient que Dieu avait en   15
horreur les prières des hommes qui se tournaient vers le couchant d'été. Zadig ordonna
qu'on se tournât comme on voudrait.

Il trouva ainsi le secret d'expédier le matin
les affaires particulières et les générales ; le   20
reste du jour il s'occupait des embellissements
de Babylone[2] ; il faisait représenter des tragé-
dies où l'on pleurait, et des comédies où l'on

---

1. Ces comparaisons font allusion aux Psaumes (CXIII,
46), à Isaïe (LIV, 10). Lorsque Voltaire raille le style oriental,
en parlant du Coran ou de Sadder, il vise surtout la Bible.
2. Les « embellissements de Babylone » correspondent
aux soucis d'urbanisme qui ont toujours beaucoup préoc-
cupé Voltaire. Cf. *Des embellissements de Paris* (1749) et
Des embellissements de la ville de Cachemire (1750).

riait[1]; ce qui était passé de mode depuis longtemps, et ce qu'il fit renaître parce qu'il avait
du goût. Il ne prétendait pas en savoir plus que
les artistes; il les récompensait par des bienfaits et des distinctions, et n'était point jaloux
en secret de leurs talents. Le soir, il amusait
beaucoup le roi, et surtout la reine. Le roi
disait : « Le grand ministre ! », la reine disait :
« L'aimable ministre ! » et tous deux ajou-
taient : « C'eût été grand dommage qu'il eût
été pendu. »

Jamais homme en place ne fut obligé de
donner tant d'audiences aux dames. La plupart
venaient lui parler des affaires qu'elles
n'avaient point, pour en avoir une avec lui. La
femme de l'envieux s'y présenta des premières; elle lui jura par Mithra, par Zenda-
Vesta[2], et par le feu sacré, qu'elle avait détesté
la conduite de son mari; elle lui confia ensuite
que ce mari était un jaloux, un brutal; elle lui
fit entendre que les dieux le punissaient en lui

---

1. Voltaire n'a jamais apprécié la comédie larmoyante
(celle de Nivelle de La Chaussée), comme il n'appréciera
pas, plus tard, le drame bourgeois de Diderot, auquel il fera
pourtant des concessions dans *L'Écossaise* (1760). Quant à la
tragédie, elle doit, à ses yeux (notamment dans *Zaïre*, 1732),
être fondée sur l'attendrissement plus que sur la terreur.
2. Toutes les éditions anciennes portent cette forme, au
lieu de *Zend-Avesta*. Voltaire croit, à cette époque, qu'il
s'agit d'un dieu.

refusant les précieux effets de ce feu sacré par
lequel l'homme est semblable aux immortels :
elle finit par laisser tomber sa jarretière ; Zadig
la ramassa avec sa politesse ordinaire, mais il
ne la rattacha point au genou de la dame ; et   5
cette petite faute, si c'en est une, fut la cause
des plus horribles infortunes. Zadig n'y pensa
pas, et la femme de l'envieux y pensa beaucoup.

D'autres dames se présentaient tous les   10
jours. Les annales secrètes de Babylone pré-
tendent qu'il succomba une fois, mais qu'il fut
tout étonné de jouir sans volupté, et d'embras-
ser son amante avec distraction. Celle à qui il
donna, sans presque s'en apercevoir, des   15
marques de sa protection, était une femme de
chambre de la reine Astarté. Cette tendre
Babylonienne se disait à elle-même pour se
consoler : « Il faut que cet homme-là ait prodigieusement d'affaires dans la tête, puisqu'il y   20
songe encore, même en faisant l'amour. » Il
échappa à Zadig, dans les instants où plusieurs
personnes ne disent mot, et où d'autres ne pro-
noncent que des paroles sacrées, de s'écrier
tout à coup : « La reine ! » La Babylonienne   25
crut enfin qu'il était revenu à lui dans un bon
moment, et qu'il lui disait : « Ma reine ! » Mais
Zadig, toujours très distrait, prononça le nom
d'Astarté. La dame, qui dans ces heureuses

circonstances interprétait tout à son avantage,
s'imagina que cela voulait dire : «Vous êtes
plus belle que la reine Astarté !» Elle sortit du
sérail de Zadig avec de très beaux présents. Elle
5 alla conter son aventure à l'envieuse, qui était
son amie intime ; celle-ci fut cruellement piquée
de la préférence. «Il n'a pas daigné seulement,
dit-elle, me rattacher cette jarretière que voici,
et dont je ne veux plus me servir. — Oh ! oh !
10 dit la fortunée à l'envieuse, vous portez les
mêmes jarretières que la reine ! Vous les pre-
nez donc chez la même faiseuse ?» L'envieuse
rêva profondément, ne répondit rien, et alla
consulter son mari l'envieux.

15   Cependant Zadig s'apercevait qu'il avait
toujours des distractions quand il donnait des
audiences et quand il jugeait ; il ne savait à
quoi les attribuer : c'était là sa seule peine.

Il eut un songe : il lui semblait qu'il était cou-
20 ché d'abord sur des herbes sèches, parmi lesquelles il y en avait quelques-unes de piquantes
qui l'incommodaient, et qu'ensuite il reposait
mollement sur un lit de roses, dont il sortait un
serpent qui le blessait au cœur de sa langue acé-
25 rée et envenimée. «Hélas ! disait-il, j'ai été
longtemps couché sur ces herbes sèches et
piquantes, je suis maintenant sur le lit de roses ;
mais quel sera le serpent ?»

CHAPITRE VIII

LA JALOUSIE

Le malheur de Zadig vint de son bonheur même, et surtout de son mérite. Il avait tous les jours des entretiens avec le roi et avec Astarté, son auguste épouse. Les charmes de sa conversation redoublaient encore par cette envie de plaire qui est à l'esprit ce que la parure est à la beauté ; sa jeunesse et ses grâces firent insensiblement sur Astarté une impression dont elle ne s'aperçut pas d'abord. Sa passion croissait dans le sein de l'innocence. Astarté se livrait sans scrupule et sans crainte au plaisir de voir et d'entendre un homme cher à son époux et à l'État ; elle ne cessait de le vanter au roi ; elle en parlait à ses femmes, qui enchérissaient encore sur ses louanges ; tout servait à enfoncer dans son cœur le trait qu'elle ne sentait pas. Elle faisait des présents à Zadig, dans lesquels il entrait plus de galanterie qu'elle ne pensait ; elle croyait ne lui parler qu'en reine contente de ses services, et quelquefois ses expressions étaient d'une femme sensible.

Astarté était beaucoup plus belle que cette Sémire qui haïssait tant les borgnes, et que

cette autre femme qui avait voulu couper le
nez à son époux. La familiarité d'Astarté, ses
discours tendres, dont elle commençait à rou-
gir, ses regards, qu'elle voulait détourner, et
qui se fixaient sur les siens, allumèrent dans le
cœur de Zadig un feu dont il s'étonna. Il combattit ; il appela à son secours la philosophie,
qui l'avait toujours secouru ; il n'en tira que
des lumières, et n'en reçut aucun soulagement.
Le devoir, la reconnaissance, la majesté souve-
raine violée, se présentaient à ses yeux comme
des dieux vengeurs ; il combattait, il triom-
phait ; mais cette victoire, qu'il fallait rempor-
ter à tout moment, lui coûtait des gémissements
et des larmes. Il n'osait plus parler à la reine
avec cette douce liberté qui avait eu tant de
charmes pour tous deux ; ses yeux se couvraient
d'un nuage ; ses discours étaient contraints et
sans suite ; il baissait la vue ; et quand, malgré
lui, ses regards se tournaient vers Astarté, ils
rencontraient ceux de la reine mouillés de
pleurs, dont il partait des traits de flamme ; ils
semblaient se dire l'un à l'autre : « Nous nous
adorons, et nous craignons de nous aimer ;
nous brûlons tous deux d'un feu que nous
condamnons. »

Zadig sortait d'auprès d'elle égaré, éperdu,
le cœur surchargé d'un fardeau qu'il ne pouvait plus porter : dans la violence de ces agita-

tions, il laissa pénétrer son secret à son ami
Cador, comme un homme qui, ayant soutenu
longtemps les atteintes d'une vive douleur,
fait enfin connaître son mal par un cri qu'un
redoublement aigu lui arrache, et par la sueur
froide qui coule sur son front.

Cador lui dit : « J'ai déjà démêlé les sentiments que vous vouliez vous cacher à vous-
même ; les passions ont des signes auxquels
on ne peut se méprendre. Jugez, mon cher
Zadig, puisque j'ai lu dans votre cœur, si le roi
n'y découvrira pas un sentiment qui l'offense.
Il n'a d'autre défaut que celui d'être le plus
jaloux des hommes. Vous résistez à votre passion avec plus de force que la reine ne combat
la sienne, parce que vous êtes philosophe et
parce que vous êtes Zadig. Astarté est femme ;
elle laisse parler ses regards avec d'autant plus
d'imprudence qu'elle ne se croit pas encore
coupable. Malheureusement rassurée sur son
innocence, elle néglige des dehors nécessaires.
Je tremblerai pour elle tant qu'elle n'aura rien
à se reprocher. Si vous étiez d'accord l'un et
l'autre, vous sauriez tromper tous les yeux :
une passion naissante et combattue éclate ; un
amour satisfait sait se cacher. » Zadig frémit à
la proposition de trahir le roi, son bienfaiteur ;
et jamais il ne fut plus fidèle à son prince que
quand il fut coupable envers lui d'un crime

involontaire. Cependant la reine prononçait si
souvent le nom de Zadig, son front se couvrait
de tant de rougeur en le prononçant, elle était
tantôt si animée, tantôt si interdite, quand elle
5 lui parlait en présence du roi ; une rêverie si
profonde s'emparait d'elle quand il était sorti,
que le roi fut troublé. Il crut tout ce qu'il
voyait, et imagina tout ce qu'il ne voyait point.
Il remarqua surtout que les babouches de sa
10 femme étaient bleues, et que les babouches de
Zadig étaient bleues, que les rubans de sa
femme étaient jaunes, et que le bonnet de
Zadig était jaune : c'étaient là de terribles
indices pour un prince délicat. Les soupçons
15 se tournèrent en certitude dans son esprit aigri.

Tous les esclaves des rois et des reines sont
autant d'espions de leurs cœurs. On pénétra
bientôt qu'Astarté était tendre, et que Moabdar était jaloux. L'envieux engagea l'envieuse
20 à envoyer au roi sa jarretière, qui ressemblait à
celle de la reine. Pour surcroît de malheur,
cette jarretière était bleue. Le monarque ne
songea plus qu'à la manière de se venger. Il
résolut une nuit d'empoisonner la reine, et de
25 faire mourir Zadig par le cordeau, au point du
jour. L'ordre en fut donné à un impitoyable
eunuque, exécuteur de ses vengeances. Il y
avait alors dans la chambre du roi un petit nain
qui était muet, mais qui n'était pas sourd. On

le souffrait toujours : il était témoin de ce qui
se passait de plus secret, comme un animal
domestique. Ce petit muet était très attaché à
la reine et à Zadig. Il entendit, avec autant de
surprise que d'horreur, donner l'ordre de leur   5
mort. Mais comment faire pour prévenir cet
ordre effroyable, qui allait s'exécuter dans peu
d'heures ? Il ne savait pas écrire ; mais il avait
appris à peindre, et savait surtout faire ressembler. Il passa une partie de la nuit à crayonner   10
ce qu'il voulait faire entendre à la reine. Son
dessin représentait le roi agité de fureur, dans
un coin du tableau, donnant des ordres à son
eunuque ; un cordeau bleu et un vase sur la
table, avec des jarretières bleues et des rubans   15
jaunes ; la reine, dans le milieu du tableau,
expirante entre les bras de ses femmes, et
Zadig étranglé à ses pieds. L'horizon représentait un soleil levant, pour marquer que cette
horrible exécution devait se faire aux premiers   20
rayons de l'aurore. Dès qu'il eut fini cet
ouvrage, il courut chez une femme d'Astarté,
la réveilla, et lui fit entendre qu'il fallait dans
l'instant même porter ce tableau à la reine.

Cependant, au milieu de la nuit, on vient   25
frapper à la porte de Zadig ; on le réveille ; on
lui donne un billet de la reine ; il doute si c'est
un songe ; il ouvre la lettre d'une main tremblante. Quelle fut sa surprise, et qui pourrait

exprimer la consternation et le désespoir dont il fut accablé, quand il lut ces paroles : *Fuyez dans l'instant même, ou l'on va vous arracher la vie. Fuyez, Zadig, je vous l'ordonne au nom de notre amour et de mes rubans jaunes. Je n'étais point coupable ; mais je sens que je vais mourir criminelle.*

Zadig eut à peine la force de parler. Il ordonna qu'on fît venir Cador, et, sans lui rien dire, il lui donna ce billet. Cador le força d'obéir et de prendre sur-le-champ la route de Memphis. « Si vous osez aller trouver la reine, lui dit-il, vous hâtez sa mort ; si vous parlez au roi, vous la perdez encore. Je me charge de sa destinée ; suivez la vôtre. Je répandrai le bruit que vous avez pris la route des Indes. Je viendrai bientôt vous trouver, et je vous apprendrai ce qui se sera passé à Babylone. »

Cador, dans le moment même, fit placer deux dromadaires des plus légers à la course vers une porte secrète du palais ; il fit monter Zadig, qu'il fallut porter et qui était près de rendre l'âme. Un seul domestique l'accompagna ; et bientôt Cador, plongé dans l'étonnement et dans la douleur, perdit son ami de vue.

Cet illustre fugitif, arrivé sur le bord d'une colline, d'où l'on voyait Babylone, tourna la vue sur le palais de la reine, et s'évanouit ; il ne reprit ses sens que pour verser des larmes et

pour souhaiter la mort. Enfin, après s'être
occupé de la destinée déplorable de la plus
aimable des femmes et de la première reine du
monde, il fit un mouvement de retour sur lui-
même et s'écria : « Qu'est-ce donc que la vie   5
humaine ? Ô vertu ! à quoi m'avez-vous servi ?
Deux femmes m'ont indignement trompé, la
troisième, qui n'est point coupable, et qui est
plus belle que les autres, va mourir ! Tout ce
que j'ai fait de bien a toujours été pour moi une   10
source de malédiction, et je n'ai été élevé au
comble de la grandeur que pour tomber dans le
plus horrible précipice de l'infortune. Si j'eusse
été méchant comme tant d'autres, je serais heureux comme eux. » Accablé de ces réflexions   15
funestes, les yeux chargés du voile de la douleur, la pâleur de la mort sur le visage, et l'âme
abîmée dans l'excès d'un sombre désespoir, il
continuait son voyage vers l'Égypte.

CHAPITRE IX

LA FEMME BATTUE

Zadig dirigeait sa route sur les étoiles. La   20
constellation d'Orion et le brillant astre de

Sirius le guidaient vers le pôle de Canope[1]. Il
admirait ces vastes globes de lumière qui ne
paraissent que de faibles étincelles à nos yeux,
tandis que la terre, qui n'est en effet qu'un
5   point imperceptible dans la nature, paraît à
notre cupidité quelque chose de si grand et de
si noble. Il se figurait alors les hommes tels
qu'ils sont en effet, des insectes se dévorant les
uns les autres sur un petit atome de boue. Cette
10   image vraie semblait anéantir ses malheurs en
lui retraçant le néant de son être et celui de
Babylone. Son âme s'élançait jusque dans
l'infini, et contemplait, détachée de ses sens,
l'ordre immuable de l'univers. Mais lorsque
15   ensuite, rendu à lui-même et rentrant dans son
cœur, il pensait qu'Astarté était peut-être
morte pour lui, l'univers disparaissait à ses
yeux, et il ne voyait dans la nature entière
qu'Astarté mourante et Zadig infortuné.
20   Comme il se livrait à ce flux et à ce reflux
de philosophie sublime et de douleur accablante,
il avançait vers les frontières de l'Égypte; et
déjà son domestique fidèle était dans la première bourgade, où il lui cherchait un loge-

---

1. Voltaire cherche sans doute une expression équiva-
lente à «pôle Sud». Tournant le dos à l'étoile Polaire, Zadig
rencontre Canope sur une médiatrice coupant un axe fictif
qui joint le Baudrier d'Orion à Sirius : or cette médiatrice
indique le plein sud.

ment. Zadig cependant se promenait vers les jardins qui bordaient ce village. Il vit, non loin du grand chemin, une femme éplorée qui appelait le ciel et la terre à son secours, et un homme furieux qui la suivait. Elle était déjà atteinte par lui, elle embrassait ses genoux. Cet homme l'accablait de coups et de reproches. Il jugea, à la violence de l'Égyptien et aux pardons réitérés que lui demandait la dame, que l'un était un jaloux et l'autre une infidèle; mais, quand il eut considéré cette femme, qui était d'une beauté touchante, et qui même ressemblait un peu à la malheureuse Astarté, il se sentit pénétré de compassion pour elle et d'horreur pour l'Égyptien. «Secourez-moi, s'écria-t-elle à Zadig avec des sanglots; tirez-moi des mains du plus barbare des hommes, sauvez-moi la vie. »

À ces cris, Zadig courut se jeter entre elle et ce barbare. Il avait quelque connaissance de la langue égyptienne. Il lui dit en cette langue: «Si vous avez quelque humanité, je vous conjure de respecter la beauté et la faiblesse. Pouvez-vous outrager ainsi un chef-d'œuvre de la nature, qui est à vos pieds, et qui n'a pour sa défense que des larmes? — Ah! ah! lui dit cet emporté, tu l'aimes donc aussi; et c'est de toi qu'il faut que je me venge. » En disant ces paroles, il laisse la dame qu'il tenait

d'une main par les cheveux, et prenant sa
lance, il veut en percer l'étranger. Celui-ci, qui
était de sang-froid, évita aisément le coup
d'un furieux. Il se saisit de la lance près du fer
5   dont elle est armée. L'un veut la retirer, l'autre
l'arracher. Elle se brise entre leurs mains.
L'Égyptien tire son épée ; Zadig s'arme de la
sienne. Ils s'attaquent l'un l'autre. Celui-ci
porte cent coups précipités ; celui-là les pare
10   avec adresse. La dame, assise sur un gazon,
rajuste sa coiffure et les regarde. L'Égyptien
était plus robuste que son adversaire ; Zadig
était plus adroit. Celui-ci se battait en homme
dont la tête conduisait le bras, et celui-là
15   comme un emporté, dont une colère aveugle
guidait les mouvements au hasard. Zadig passe
à lui et le désarme ; et tandis que l'Égyptien,
devenu plus furieux, veut se jeter sur lui, il le
saisit, le presse, le fait tomber, et lui tenant
20   l'épée sur la poitrine, il lui offre de lui donner
la vie ; l'Égyptien, hors de lui, tire son poi-
gnard ; il en blesse Zadig dans le temps même
que le vainqueur lui pardonnait. Zadig, indigné, lui plonge son épée dans le sein. L'Égyp-
25   tien jette un cri horrible, et meurt en se
débattant.

Zadig alors s'avança vers la dame, et lui dit
d'une voix soumise : « Il m'a forcé de le tuer :
je vous ai vengée ; vous êtes délivrée de

l'homme le plus violent que j'aie jamais vu.
Que voulez-vous maintenant de moi, madame ?
— Que tu meures, scélérat, lui répondit-elle,
que tu meures ; tu as tué mon amant ; je voudrais pouvoir déchirer ton cœur. — En vérité, 5
madame, vous aviez là un étrange homme
pour amant, lui répondit Zadig ; il vous battait
de toutes ses forces, et il voulait m'arracher la
vie parce que vous m'avez conjuré de vous
secourir. — Je voudrais qu'il me battît encore, 10
reprit la dame en poussant des cris. Je le méri-
tais bien, je lui avais donné de la jalousie. Plût
au ciel qu'il me battît, et que tu fusses à sa
place ! » Zadig, plus surpris et plus en colère
qu'il ne l'avait été de sa vie, lui dit : « Madame, 15
toute belle que vous êtes, vous mériteriez que
je vous battisse à mon tour, tant vous êtes
extravagante ; mais je n'en prendrai pas la
peine. » Là-dessus, il remonta sur son chameau, et avança vers le bourg. À peine avait-il 20
fait quelques pas qu'il se retourne au bruit que
faisaient quatre courriers de Babylone. Ils
venaient à toute bride. L'un d'eux, en voyant
cette femme, s'écria : « C'est elle-même ; elle
ressemble au portrait qu'on nous en a fait. » Ils 25
ne s'embarrassèrent pas du mort, et se saisirent incontinent de la dame. Elle ne cessait de
crier à Zadig : « Secourez-moi encore une fois,
étranger généreux ! je vous demande pardon

de m'être plainte de vous. Secourez-moi, et je
suis à vous jusqu'au tombeau. » L'envie avait
passé à Zadig de se battre désormais pour elle.
« À d'autres ! répond-il ; vous ne m'y attrape-
rez plus. »

D'ailleurs il était blessé, son sang coulait, il
avait besoin de secours ; et la vue des quatre
Babyloniens, probablement envoyés par le
roi Moabdar, le remplissait d'inquiétude. Il
s'avance en hâte vers le village, n'imaginant
pas pourquoi quatre courriers de Babylone
venaient prendre cette Égyptienne, mais encore
plus étonné du caractère de cette dame.

CHAPITRE X

L'ESCLAVAGE

Comme il entrait dans la bourgade égyptienne, il se vit entouré par le peuple. Chacun
criait : « Voilà celui qui a enlevé la belle Missouf, et qui vient d'assassiner Clétofis ! — Messieurs, dit-il, Dieu me préserve d'enlever jamais
votre belle Missouf ! elle est trop capricieuse,
et à l'égard de Clétofis, je ne l'ai point assassiné, je me suis défendu seulement contre lui. Il

voulait me tuer, parce que je lui avais demandé très humblement grâce pour la belle Missouf, qu'il battait impitoyablement. Je suis un étranger qui vient chercher un asile dans l'Égypte ; et il n'y a pas d'apparence qu'en venant demander votre protection j'aie commencé par enlever une femme, et par assassiner un homme. »

Les Égyptiens étaient alors justes et humains[1]. Le peuple conduisit Zadig à la maison de ville. On commença par le faire panser de sa blessure, et ensuite on l'interrogea, lui et son domestique séparément, pour savoir la vérité. On reconnut que Zadig n'était point un assassin ; mais il était coupable du sang d'un homme ; la loi le condamnait à être esclave. On vendit au profit de la bourgade ses deux chameaux ; on distribua aux habitants tout l'or qu'il avait apporté ; sa personne fut exposée en vente dans la place publique, ainsi que celle de son compagnon de voyage. Un marchand arabe, nommé Sétoc, y mit l'enchère ; mais le valet, plus propre à la fatigue, fut vendu bien plus chèrement que le maître. On ne faisait pas

1. Voltaire n'a jamais ménagé les Égyptiens, représentés par lui comme ignorants, superstitieux et fanatiques (notamment dans *Le Taureau blanc*, 1774). Mais il admet, dans une lettre à Mairan du 9 août 1760, qu'« apparemment du temps de Sésostris, ils étaient d'une autre pâte, ou que leurs voisins étaient encore plus misérables qu'eux ».

de comparaison entre ces deux hommes. Zadig
fut donc esclave subordonné à son valet : on
les attacha ensemble avec une chaîne qu'on
leur passa aux pieds, et en cet état ils suivirent
5   le marchand arabe dans sa maison. Zadig, en
chemin, consolait son domestique et l'exhor-
tait à la patience ; mais, selon sa coutume, il
faisait des réflexions sur la vie humaine. « Je
vois, lui disait-il, que les malheurs de ma des-
10 tinée se répandent sur la tienne. Tout m'a
tourné jusqu'ici d'une façon bien étrange. J'ai
été condamné à l'amende pour avoir vu passer
une chienne ; j'ai pensé être empalé pour un
griffon ; j'ai été envoyé au supplice parce que
15 j'avais fait des vers à la louange du roi ; j'ai
été sur le point d'être étranglé parce que la
reine avait des rubans jaunes ; et me voici
esclave avec toi parce qu'un brutal a battu sa
maîtresse. Allons, ne perdons point courage ;
20 tout ceci finira peut-être ; il faut bien que les
marchands arabes aient des esclaves ; et pourquoi ne le serais-je pas comme un autre,
puisque je suis homme, comme un autre ? Ce
marchand ne sera pas impitoyable ; il faut
25 qu'il traite bien ses esclaves, s'il en veut tirer
des services. » Il parlait ainsi, et, dans le fond
de son cœur, il était occupé du sort de la reine
de Babylone.

Sétoc, le marchand, partit deux jours après

pour l'Arabie déserte, avec ses esclaves et ses
chameaux. Sa tribu habitait vers le désert d'Horeb[1]. Le chemin fut long et pénible. Sétoc, dans
la route, faisait bien plus de cas du valet que du
maître, parce que le premier chargeait bien   5
mieux les chameaux; et toutes les petites distinctions furent pour lui.

Un chameau mourut à deux journées d'Horeb; on répartit sa charge sur le dos de chacun
des serviteurs; Zadig en eut sa part. Sétoc se   10
mit à rire en voyant tous ses esclaves marcher
courbés. Zadig prit la liberté de lui en expliquer
la raison, et lui apprit les lois de l'équilibre. Le
marchand, étonné, commença à le regarder
d'un autre œil. Zadig, voyant qu'il avait excité   15
sa curiosité, la redoubla en lui apprenant beau-
coup de choses qui n'étaient point étrangères à
son commerce; les pesanteurs spécifiques des
métaux et des denrées sous un volume égal;
les propriétés de plusieurs animaux utiles; le   20
moyen de rendre tels ceux qui ne l'étaient
pas; enfin il lui parut un sage. Sétoc lui donna
la préférence sur son camarade, qu'il avait tant
estimé. Il le traita bien, et n'eut pas sujet de
s'en repentir.   25

Arrivé dans sa tribu, Sétoc commença par

1. Le mont Horeb est avec le Sinaï une des deux croupes
du mont Thour. L'Arabie déserte (par opposition à l'Arabie
Heureuse) est le désert de Syrie.

redemander cinq cents onces d'argent à un
Hébreu auquel il les avait prêtées en présence
de deux témoins ; mais ces deux témoins étaient
morts, et l'Hébreu, ne pouvant être convaincu,
s'appropriait l'argent du marchand, en remerciant Dieu de ce qu'il lui avait donné le moyen
de tromper un Arabe. Sétoc confia sa peine à
Zadig, qui était devenu son conseil. « En quel
endroit, demanda Zadig, prêtâtes-vous vos cinq
cents onces à cet infidèle ? — Sur une large
pierre, répondit le marchand, qui est auprès du
mont Horeb. — Quel est le caractère de votre
débiteur ? dit Zadig. — Celui d'un fripon,
reprit Sétoc. — Mais je vous demande si c'est
un homme vif ou flegmatique, avisé ou impru-
dent. — C'est de tous les mauvais payeurs, dit
Sétoc, le plus vif que je connaisse. — Eh
bien ! insista Zadig, permettez que je plaide
votre cause devant le juge. » En effet, il cita
l'Hébreu au tribunal, et il parla ainsi au juge :
« Oreiller du trône d'équité, je viens redemander à cet homme, au nom de mon maître, cinq
cents onces d'argent, qu'il ne veut pas rendre.
— Avez-vous des témoins ? dit le juge. —
Non, ils sont morts ; mais il reste une large
pierre sur laquelle l'argent fut compté ; et, s'il
plaît à Votre Grandeur d'ordonner qu'on aille
chercher la pierre, j'espère qu'elle portera
témoignage ; nous resterons ici, l'Hébreu et

moi, en attendant que la pierre vienne ; je l'en-
verrai chercher aux dépens de Sétoc, mon
maître. — Très volontiers », répondit le juge.
Et il se mit à expédier d'autres affaires.

À la fin de l'audience : « Eh bien ! dit-il à
Zadig, votre pierre n'est pas encore venue ? »
L'Hébreu, en riant, répondit : « Votre Grandeur
resterait ici jusqu'à demain que la pierre ne
serait pas encore arrivée ; elle est à plus de six
milles d'ici, et il faudrait quinze hommes pour
la remuer. — Eh bien ! s'écria Zadig, je vous
avais bien dit que la pierre porterait témoignage ; puisque cet homme sait où elle est, il
avoue donc que c'est sur elle que l'argent fut
compté. » L'Hébreu, déconcerté, fut bientôt
contraint de tout avouer. Le juge ordonna qu'il
serait lié à la pierre, sans boire ni manger, jusqu'à ce qu'il eût rendu les cinq cents onces, qui
furent bientôt payées.

L'esclave Zadig et la pierre furent en grande
recommandation dans l'Arabie.

CHAPITRE XI

LE BÛCHER

Sétoc, enchanté, fit de son esclave son ami intime. Il ne pouvait pas plus se passer de lui qu'avait fait le roi de Babylone ; et Zadig fut heureux que Sétoc n'eût point de femme. Il
5 découvrait dans son maître un naturel porté au bien, beaucoup de droiture et de bon sens. Il fut fâché de voir qu'il adorait l'armée céleste, c'est-à-dire le soleil, la lune et les étoiles, selon l'ancien usage d'Arabie[1]. Il lui en parlait
10 quelquefois avec beaucoup de discrétion. Enfin il lui dit que c'étaient des corps comme les autres, qui ne méritaient pas plus son hom-

---

1. Cette religion des astres, originaire effectivement d'Arabie, porte le nom de *sabéisme* ou *sabisme*. Banier, dans sa *Mythologie et fables expliquées par l'histoire* (1738-1740), accuse cette religion d'idolâtrie. On ne peut, dit-il, regarder Zoroastre comme l'auteur de cette secte, beaucoup plus ancienne que lui. C'est cette tradition que semble suivre ici Voltaire. Mais, à d'autres moments, notamment dans la *Philosophie de l'histoire* (*Essai sur les mœurs*, Introduction, § XV, « De l'Arabie »), il défend les Sabéens contre de telles accusations : « Leur religion était la plus naturelle et la plus simple de toutes : c'était le culte d'un Dieu et la vénération pour les étoiles, qui semblaient, sous un ciel si beau et si pur, annoncer la grandeur de Dieu avec plus de magnificence que le reste de la nature. »

mage qu'un arbre ou un rocher. « Mais, disait
Sétoc, ce sont des êtres éternels dont nous
tirons tous nos avantages ; ils animent la
nature ; ils règlent les saisons ; ils sont
d'ailleurs si loin de nous qu'on ne peut pas
s'empêcher de les révérer. — Vous recevez
plus d'avantages, répondit Zadig, des eaux de
la mer Rouge, qui portent vos marchandises
aux Indes. Pourquoi ne serait-elle pas aussi
ancienne que les étoiles ? Et, si vous adorez ce
qui est éloigné de vous, vous devez adorer la
terre des Gangarides[1], qui est aux extrémités
du monde. — Non, disait Sétoc, les étoiles sont
trop brillantes pour que je ne les adore pas. » Le
soir venu, Zadig alluma un grand nombre de
flambeaux dans la tente où il devait souper
avec Sétoc ; et, dès que son patron parut, il se
jeta à genoux devant ces cires allumées, et leur
dit : « Éternelles et brillantes clartés, soyez-moi
toujours propices. » Ayant proféré ces paroles,
il se mit à table sans regarder Sétoc. « Que
faites-vous donc ? lui dit Sétoc étonné. — Je
fais comme vous, répondit Zadig ; j'adore ces
chandelles, et je néglige leur maître et le
mien. » Sétoc comprit le sens profond de cet

1. Dans *La Princesse de Babylone*, chap. III, Voltaire
loue ce peuple habitant la rive orientale du Gange, et vante
cette terre édénique qui «produit tout ce qui peut flatter les
désirs de l'homme».

apologue. La sagesse de son esclave entra
dans son âme ; il ne prodigua plus son encens
aux créatures, et adora l'Être éternel qui les a
faites.

Il y avait alors dans l'Arabie une coutume
affreuse, venue originairement de Scythie, et
qui, s'étant établie dans les Indes par le crédit des brachmanes, menaçait d'envahir tout
l'Orient. Lorsqu'un homme marié était mort et
que sa femme bien-aimée voulait être sainte,
elle se brûlait en public sur le corps de son
mari[1]. C'était une fête solennelle qui s'appelait *le bûcher du veuvage*. La tribu dans
laquelle il y avait eu le plus de femmes brûlées
était la plus considérée. Un Arabe de la tribu
de Sétoc étant mort, sa veuve, nommée
Almona, qui était fort dévote, fit savoir le jour
et l'heure où elle se jetterait dans le feu au son
des tambours et des trompettes. Zadig remontra à Sétoc combien cette horrible coutume

---

1. Il y a ici, avant tout, un souvenir de la lettre cxxv des
Lettres persanes (1721) de Montesquieu : « Une femme qui
venait de perdre son mari vint en cérémonie chez le gouver-
neur de la ville lui demander la permission de se brûler. » En
outre, Voltaire était sans doute remonté jusqu'aux *Voyages*
de Bernier : « Tant de voyageurs écrivent que les femmes se
brûlent dans les Indes », ou aux relations de Tavernier, de
Dellon ou de Robert Challe, qu'on retrouvera les unes et les
autres dans *La Princesse de Babylone* (1768) et les *Lettres
d'Amabed* (1769).

était contraire au bien du genre humain ; qu'on
laissait brûler tous les jours de jeunes veuves
qui pouvaient donner des enfants à l'État, ou
du moins élever les leurs ; et il le fit convenir
qu'il fallait, si on pouvait, abolir un usage si   5
barbare. Sétoc répondit : « Il y a plus de mille
ans que les femmes sont en possession de se
brûler. Qui de nous osera changer une loi que
le temps a consacrée ? Y a-t-il rien de plus respectable qu'un ancien abus ? — La raison est   10
plus ancienne, reprit Zadig. Parlez aux chefs
des tribus, et je vais trouver la jeune veuve. »

Il se fit présenter à elle ; et après s'être insi-
nué dans son esprit par des louanges sur sa
beauté, après lui avoir dit combien c'était   15
dommage de mettre au feu tant de charmes, il
la loua encore sur sa constance et sur son courage. « Vous aimiez donc prodigieusement
votre mari ? lui dit-il. — Moi ? Point du tout,
répondit la dame arabe. C'était un brutal, un   20
jaloux, un homme insupportable ; mais je suis
fermement résolue de me jeter sur son bûcher.
— Il faut, dit Zadig, qu'il y ait apparemment
un plaisir bien délicieux à être brûlée vive. —
Ah ! cela fait frémir la nature, dit la dame ;   25
mais il faut en passer par là. Je suis dévote ; je
serais perdue de réputation, et tout le monde
se moquerait de moi, si je ne me brûlais pas. »
Zadig, l'ayant fait convenir qu'elle se brûlait

pour les autres, et par vanité, lui parla longtemps d'une manière à lui faire aimer un peu
la vie[1], et parvint même à lui inspirer quelque
bienveillance pour celui qui lui parlait. « Que
5   feriez-vous enfin, lui dit-il, si la vanité de
vous brûler ne vous tenait pas ? — Hélas ! dit
la dame, je crois que je vous prierais de
m'épouser. »

Zadig était trop rempli de l'idée d'Astarté
10   pour ne pas éluder cette déclaration ; mais il
alla dans l'instant trouver les chefs des tribus,
leur dit ce qui s'était passé, et leur conseilla de
faire une loi par laquelle il ne serait permis à
une veuve de se brûler qu'après avoir entre-
15   tenu un jeune homme, tête à tête, pendant une
heure entière. Depuis ce temps, aucune dame
ne se brûla en Arabie. On eut au seul Zadig
l'obligation d'avoir détruit en un jour une coutume si cruelle, qui durait depuis tant de
20   siècles. Il était donc le bienfaiteur de l'Arabie.

---

1. En « faisant aimer un peu la vie » aux dames, Zadig agit
comme le personnage de *La Matrone d'Éphèse* (1682) de La
Fontaine : « Il leur fit concevoir ce que c'est que la vie. »

CHAPITRE XII

LE SOUPER

Sétoc, qui ne pouvait se séparer de cet homme en qui habitait la sagesse, le mena à la grande foire de Balzora[1], où devaient se rendre les plus grands négociants de la terre habitable. Ce fut pour Zadig une consolation sensible de voir tant d'hommes de diverses contrées réunis dans la même place. Il lui paraissait que l'univers était une grande famille qui se rassemblait à Balzora. Il se trouva à table, dès le second jour, avec un Égyptien, un Indien gangaride, un habitant du Cathay, un Grec, un Celte, et plusieurs autres étrangers qui, dans leurs fréquents voyages vers le golfe arabique, avaient appris assez d'arabe pour se faire entendre. L'Égyptien paraissait fort en colère. « Quel abominable pays que Balzora ! disait-il ; on m'y refuse mille onces d'or sur le meilleur effet du monde ! — Comment donc ! dit Sétoc ; sur quel

1. Balzora, ou Bassorah, sur les bords de l'actuel golfe Persique, était effectivement célèbre par ses marchés. Mais Voltaire commet ici un anachronisme : elle fut en effet construite, selon d'Herbelot (*Bibliothèque orientale*, 176 *b*), par le second khalife Omar, l'« an XVᵉ de l'Hégire », c'est-à-dire en 636 après Jésus-Christ.

effet a-t-on refusé cette somme? — Sur le
corps de ma tante, répondit l'Égyptien; c'était
la plus brave femme d'Égypte. Elle m'accom-
pagnait toujours; elle est morte en chemin:
5 j'en ai fait une des plus belles momies que nous
ayons; et je trouverais dans mon pays tout ce
que je voudrais en la mettant en gage[1]. Il est
bien étrange qu'on ne veuille pas seulement me
donner ici mille onces d'or sur un effet si
10 solide.» Tout en se courrouçant, il était près de
manger d'une excellente poule bouillie, quand
l'Indien, le prenant par la main, s'écria avec
douleur: «Ah! qu'allez-vous faire? — Manger de cette poule, dit l'homme à la momie. —
15 Gardez-vous-en bien, dit le Gangaride. Il se
pourrait faire que l'âme de la défunte fût passée
dans le corps de cette poule, et vous ne vou-
driez pas vous exposer à manger votre tante.
Faire cuire des poules, c'est outrager manifes-
20 tement la nature. — Que voulez-vous dire avec
votre nature et vos poules? reprit le colérique
Égyptien; nous adorons un bœuf, et nous en
mangeons bien. — Vous adorez un bœuf! est-

---

1. D'après l'*Histoire ancienne des Égyptiens* de Rollin
(1740) et l'*Histoire des empires et des républiques depuis le
déluge* de l'abbé Guyon (1741), une loi égyptienne aurait
obligé tout emprunteur à donner en gage de sa dette la
momie d'un parent. S'il ne s'était pas acquitté, il était
déclaré impie et privé de sépulture.

il possible ? dit l'homme du Gange. — Il n'y a
rien de si possible, repartit l'autre, il y a cent
trente-cinq mille ans que nous en usons ainsi ;
et personne parmi nous n'y trouve à redire. —
Ah ! cent trente-cinq mille ans ! dit l'Indien, ce   5
compte est un peu exagéré ; il n'y en a que
quatre-vingt mille que l'Inde est peuplée, et
assurément nous sommes vos anciens ; et
Brahma nous avait défendu de manger des
bœufs avant que vous vous fussiez avisés de les   10
mettre sur les autels et à la broche. — Voilà un
plaisant animal que votre Brahma, pour le
comparer à Apis ! dit l'Égyptien ; qu'a donc fait
votre Brahma de si beau ? » Le bramin répondit : « C'est lui qui a appris aux hommes à lire   15
et à écrire, et à qui toute la terre doit le jeu des
échecs[1]. — Vous vous trompez, dit un Chaldéen qui était auprès de lui ; c'est le poisson
Oannès[2] à qui on doit de si grands bienfaits, et

1. D'Herbelot (*Bibliothèque orientale*, 200 *c*) dit que
« [Brahma] a laissé quatre livres dans lesquels toutes les
sciences et toutes les cérémonies de brachmanes sont com-
prises ». Voltaire précise, un peu au hasard, la science de
l'alphabet, dont il dira, dans la *Philosophie de l'histoire*
(*Essai sur les mœurs*, Introduction, § xx, « De la langue des
Égyptiens, et de leurs symboles »), qu'il ne sait pas « quel
peuple l'inventa » ; quant au jeu des échecs, Herbelot se
borne à dire que « plusieurs le croient venu des Indes ».
2. Oannès est un dieu chaldéen, moitié homme moitié
poisson, qui serait sorti de la mer Rouge pour enseigner aux
hommes les lettres, les sciences et les arts.

il est juste de ne rendre qu'à lui ses hommages.
Tout le monde vous dira que c'était un être
divin, qu'il avait la queue dorée, avec une belle
tête d'homme, et qu'il sortait de l'eau pour
5   venir prêcher à terre trois heures par jour. Il
eut plusieurs enfants, qui furent rois, comme
chacun sait. J'ai son portrait chez moi, que je
vénère comme je le dois. On peut manger du
bœuf tant qu'on veut ; mais c'est assurément
10 une très grande impiété de faire cuire du poisson ; d'ailleurs vous êtes tous deux d'une origine trop peu noble et trop récente pour me
rien disputer. La nation égyptienne ne compte
que cent trente-cinq mille ans, et les Indiens
15 ne se vantent que de quatre-vingt mille, tandis
que nous avons des almanachs de quatre mille
siècles. Croyez-moi, renoncez à vos folies, et
je vous donnerai à chacun un beau portrait
d'Oannès. »

20   L'homme de Cambalu, prenant la parole,
dit : « Je respecte fort les Égyptiens, les Chaldéens, les Grecs, les Celtes, Brahma, le bœuf
Apis, le beau poisson Oannès ; mais peut-être
que le Li ou le Tien*[1], comme on voudra l'ap-

---

* Mots chinois qui signifient proprement : *Li*, la lumière
naturelle, la raison, et *Tien*, le ciel, et qui signifient aussi
Dieu. (Note de Voltaire.)

1. Le « folklore » chinois de Voltaire est emprunté notamment à d'Herbelot, qui définit le Cathay comme « la Chine

peler, vaut bien les bœufs et les poissons. Je
ne dirai rien de mon pays; il est aussi grand
que la terre d'Égypte, la Chaldée et les Indes
ensemble. Je ne dispute pas d'antiquité, parce
qu'il suffit d'être heureux, et que c'est fort peu   5
de chose d'être ancien; mais, s'il fallait parler
d'almanachs, je dirais que toute l'Asie prend
les nôtres, et que nous en avions de fort bons
avant qu'on sût l'arithmétique en Chaldée.

— Vous êtes de grands ignorants tous tant   10
que vous êtes, s'écria le Grec; est-ce que vous
ne savez pas que le chaos est le père de tout, et
que la forme et la matière ont mis le monde
dans l'état où il est?» Ce Grec parla longtemps; mais il fut enfin interrompu par le   15
Celte, qui, ayant beaucoup bu pendant qu'on
disputait, se crut alors plus savant que tous les
autres, et dit en jurant qu'il n'y avait que Teutath[1] et le gui de chêne qui valussent la peine
qu'on en parlât; que, pour lui, il avait toujours   20
du gui dans sa poche; que les Scythes, ses
ancêtres, étaient les seuls gens de bien qui eus-

---

orientale et septentrionale» (225 *b*), Cambalu comme «la
ville royale et impériale, ville capitale du Cathay [...] apparemment la même que Péquin» (166 *a*), et le Li et le Tien
comme l'Être suprême (*passim*).
    1. Teutath est un dieu de la religion druidique, à qui on
sacrifiait des hommes, et qui s'assimile à Mercure après la
conquête romaine. Il est traité par Voltaire d'«affreux Teu-
tatés» au chant V de *La Henriade* (1723).

sent jamais été au monde ; qu'ils avaient, à la
vérité, quelquefois mangé des hommes, mais
que cela n'empêchait pas qu'on ne dût avoir
beaucoup de respect pour sa nation ; et qu'en-
5   fin, si quelqu'un parlait mal de Teutath, il lui
apprendrait à vivre[1]. La querelle s'échauffa
pour lors, et Sétoc vit le moment où la table
allait être ensanglantée. Zadig, qui avait gardé
le silence pendant toute la dispute, se leva
10   enfin : il s'adressa d'abord au Celte, comme
au plus furieux ; il lui dit qu'il avait raison, et
lui demanda du gui ; il loua le Grec sur son
éloquence, et adoucit tous les esprits échauf-
fés. Il ne dit que très peu de chose à l'homme
15   du Cathay, parce qu'il avait été le plus raisonnable de tous. Ensuite il leur dit : « Mes amis,
vous alliez vous quereller pour rien, car vous
êtes tous du même avis. » À ce mot, ils se
récrièrent tous. « N'est-il pas vrai, dit-il au
20   Celte, que vous n'adorez pas ce gui, mais celui
qui a fait le gui et le chêne ? — Assurément,
répondit le Celte. — Et vous, monsieur l'Égyp-

---

1. Voltaire se moque ici de Rollin, qui avait fait l'éloge
des Scythes dans son *Histoire ancienne des Égyptiens* (1740).
Voir aussi la *Philosophie de l'histoire* (*Essai sur les mœurs*,
Introduction, § xiv, « Des Scythes et des Gomérites ») : « Par
quelle faiblesse, ou par quelle malignité secrète, ou par
quelle affectation de montrer une éloquence déplacée, tant
d'historiens ont-ils fait de si grands éloges des Scythes,
qu'ils ne connaissaient pas ? »

tien, vous révérez apparemment dans un cer-
tain bœuf celui qui vous a donné les bœufs ?
— Oui, dit l'Égyptien. — Le poisson Oannès,
continua-t-il, doit céder à celui qui a fait la
mer et les poissons. — D'accord, dit le Chal-   5
déen. — L'Indien, ajouta-t-il, et le Cathayen
reconnaissent comme vous un premier principe ; je n'ai pas trop bien compris les choses
admirables que le Grec a dites, mais je suis sûr
qu'il admet aussi un Être supérieur, de qui la   10
forme et la matière dépendent. » Le Grec,
qu'on admirait, dit que Zadig avait très bien
pris sa pensée. « Vous êtes donc tous de même
avis, répliqua Zadig, et il n'y a pas là de quoi se
quereller. » Tout le monde l'embrassa. Sétoc,   15
après avoir vendu fort cher ses denrées, reconduisit son ami Zadig dans sa tribu. Zadig apprit
en arrivant qu'on lui avait fait son procès en
son absence et qu'il allait être brûlé à petit feu.

CHAPITRE XIII

LES RENDEZ-VOUS

Pendant son voyage à Balzora les prêtres   20
des étoiles avaient résolu de le punir. Les pier-

reries et les ornements des jeunes veuves
qu'ils envoyaient au bûcher leur apparte-
naient de droit[1] ; c'était bien le moins qu'ils
fissent brûler Zadig pour le mauvais tour qu'il
5   leur avait joué. Ils accusèrent donc Zadig
d'avoir des sentiments erronés sur l'armée
céleste ; ils déposèrent contre lui et jurèrent
qu'ils lui avaient entendu dire que les étoiles ne
se couchaient pas dans la mer. Ce blasphème
10 effroyable fit frémir les juges ; ils furent prêts
de déchirer leurs vêtements quand ils ouïrent
ces paroles impies, et ils l'auraient fait, sans
doute, si Zadig avait eu de quoi les payer. Mais,
dans l'excès de leur douleur, ils se contentè-
15 rent de le condamner à être brûlé à petit feu.
Sétoc, désespéré, employa en vain son crédit
pour sauver son ami ; il fut bientôt obligé de se
taire. La jeune veuve Almona, qui avait pris
beaucoup de goût à la vie et qui en avait l'obli-
20 gation à Zadig, résolut de le tirer du bûcher,
dont il lui avait fait connaître l'abus. Elle roula

---

1. Cette notation provient d'une lecture rapide de Tavernier (*Les Voyages de [...] en Turquie, en Perse et aux Indes*,
1679) : «Les bramins ont intérêt que ces malheureuses
femmes demeurent dans la résolution qu'elles prennent de se
brûler, car tous les bracelets qu'elles ont tant aux bras qu'aux
jambes avec leurs pendants d'oreilles et leurs anneaux appartiennent de droit à ces bramins, après que ces femmes se
sont brûlées. Mais pour les pierreries, elles n'en portent
point lorsqu'elles vont se brûler. »

son dessein dans sa tête, sans en parler à personne. Zadig devait être exécuté le lendemain ; elle n'avait que la nuit pour le sauver :
voici comme elle s'y prit, en femme charitable
et prudente.

Elle se parfuma, elle releva sa beauté par
l'ajustement le plus riche et le plus galant, et
alla demander une audience secrète au chef
des prêtres des étoiles. Quand elle fut devant
ce vieillard vénérable, elle lui parla en ces
termes : «Fils aîné de la Grande Ourse, frère
du Taureau, cousin du Grand Chien (c'étaient
les titres de ce pontife), je viens vous confier
mes scrupules. J'ai bien peur d'avoir commis
un péché énorme en ne me brûlant pas dans le
bûcher de mon cher mari. En effet, qu'avais-je
à conserver? une chair périssable, et qui est
déjà toute flétrie.» En disant ces paroles, elle
tira de ses longues manches de soie ses bras
nus, d'une forme admirable et d'une blancheur
éblouissante. «Vous voyez, dit-elle, le peu que
cela vaut.» Le pontife trouva dans son cœur
que cela valait beaucoup. Ses yeux le dirent, et
sa bouche le confirma : il jura qu'il n'avait vu
de sa vie de si beaux bras. «Hélas ! lui dit la
veuve, les bras peuvent être un peu moins mal
que le reste ; mais vous m'avouerez que la
gorge n'était pas digne de mes attentions.»
Alors elle laissa voir le sein le plus charmant

que la nature eût jamais formé. Un bouton de
rose sur une pomme d'ivoire n'eût paru auprès
que de la garance sur du buis, et les agneaux
sortant du lavoir auraient semblé d'un jaune
5 brun. Cette gorge, ses grands yeux noirs qui
languissaient en brillant doucement d'un feu
tendre, ses joues animées de la plus belle
pourpre mêlée au blanc de lait le plus pur, son
nez, qui n'était pas comme la tour du mont
10 Liban, ses lèvres, qui étaient comme deux bor-
dures de corail renfermant les plus belles
perles de la mer d'Arabie, tout cela ensemble
fit croire au vieillard qu'il avait vingt ans. Il fit
en bégayant une déclaration tendre. Almona,
15 le voyant enflammé, lui demanda la grâce de
Zadig. « Hélas ! dit-il, ma belle dame, quand je
vous accorderais sa grâce, mon indulgence ne
servirait de rien ; il faut qu'elle soit signée de
trois autres de mes confrères. — Signez tou-
20 jours, dit Almona. — Volontiers, dit le prêtre,
à condition que vos faveurs seront le prix de
ma facilité. — Vous me faites trop d'honneur,
dit Almona ; ayez seulement pour agréable de
venir dans ma chambre après que le soleil sera
25 couché, et dès que la brillante étoile Sheat[1]

---

1. Sheat est une des étoiles de la constellation de Pégase.
« Le rendez-vous ainsi indiqué, remarque G. Ascoli dans
son édition de *Zadig*, convient particulièrement bien à un
prêtre des étoiles. »

sera sur l'horizon. Vous me trouverez sur un
sopha couleur de rose, et vous en userez comme
vous pourrez avec votre servante.» Elle sortit
alors, emportant avec elle la signature, et
laissa le vieillard plein d'amour et de défiance
de ses forces. Il employa le reste du jour à se
baigner ; il but une liqueur composée de la
cannelle de Ceylan et des précieuses épices de
Tidor et de Ternate[1], et attendit avec impa-
tience que l'étoile Sheat vînt à paraître.

Cependant la belle Almona alla trouver le
second pontife. Celui-ci l'assura que le soleil,
la lune et tous les feux du firmament n'étaient
que des feux follets en comparaison de ses
charmes. Elle lui demanda la même grâce, et
on lui proposa d'en donner le même prix. Elle
se laissa vaincre, et donna rendez-vous au
second pontife au lever de l'étoile Algénib[2].
De là, elle passa chez le troisième et chez le
quatrième prêtre, prenant toujours une signature et donnant un rendez-vous d'étoile en
étoile. Alors elle fit avertir les juges de venir
chez elle pour une affaire importante. Ils s'y
rendirent : elle leur montra les quatre noms, et
leur dit à quel prix les prêtres avaient vendu la

1. Tidor et Ternate sont deux villes de l'archipel des
Moluques.
2. Algénib est une autre étoile brillante de la constellation de Pégase.

grâce de Zadig. Chacun d'eux arriva à l'heure
prescrite ; chacun fut bien étonné d'y trouver
ses confrères, et plus encore d'y trouver les
juges, devant qui leur honte fut manifestée.
5 Zadig fut sauvé. Sétoc fut si charmé de l'habi-
leté d'Almona qu'il en fit sa femme. Zadig
partit après s'être jeté aux pieds de sa belle
libératrice. Sétoc et lui se quittèrent en pleurant, en se jurant une amitié éternelle et en se
10 promettant que le premier des deux qui ferait
une grande fortune en ferait part à l'autre.

Zadig marcha du côté de la Syrie, toujours
pensant à la malheureuse Astarté, et toujours
réfléchissant sur le sort qui s'obstinait à se jouer
15 de lui et à le persécuter. « Quoi ! disait-il, quatre
cents onces d'or pour avoir vu passer une
chienne ! condamné à être décapité pour quatre
mauvais vers à la louange du roi ! prêt à être
étranglé parce que la reine avait des babouches
20 de la couleur de mon bonnet ! réduit en esclavage pour avoir secouru une femme qu'on battait ! et sur le point d'être brûlé pour avoir sauvé
la vie à toutes les jeunes veuves arabes ! »

CHAPITRE XIV

LE BRIGAND

En arrivant aux frontières qui séparent l'Arabie Pétrée de la Syrie, comme il passait près d'un château assez fort, des Arabes armés en sortirent. Il se vit entouré; on lui criait: «Tout ce que vous avez nous appartient, et votre personne appartient à notre maître.» Zadig pour réponse tira son épée; son valet, qui avait du courage, en fit autant. Ils renversèrent morts les premiers Arabes qui mirent la main sur eux; le nombre redoubla; ils ne s'étonnèrent point, et résolurent de périr en combattant. On voyait deux hommes se défendre contre une multitude; un tel combat ne pouvait durer longtemps. Le maître du château, nommé Arbogad, ayant vu d'une fenêtre les prodiges de valeur que faisait Zadig, conçut de l'estime pour lui. Il descendit en hâte, et vint lui-même écarter ses gens et délivrer les deux voyageurs. «Tout ce qui se passe sur mes terres est à moi, dit-il, aussi bien que ce que je trouve sur les terres des autres; mais vous me paraissez un si brave homme que je vous exempte de la loi commune.» Il le fit

entrer dans son château, ordonnant à ses gens
de le bien traiter, et le soir, Arbogad voulut
souper avec Zadig.

Le seigneur du château était un de ces Arabes
5   qu'on appelle *voleurs*[1] ; mais il faisait quelquefois de bonnes actions parmi une foule de mau-
vaises ; il volait avec une rapacité furieuse, et
donnait libéralement ; intrépide dans l'action,
assez doux dans le commerce, débauché à
10   table, gai dans la débauche, et surtout plein de
franchise. Zadig lui plut beaucoup ; sa conversation, qui s'anima, fit durer le repas ; enfin
Arbogad lui dit : « Je vous conseille de vous
enrôler sous moi ; vous ne sauriez mieux faire ;
15   ce métier-ci n'est pas mauvais ; vous pourrez
un jour devenir ce que je suis. — Puis-je vous
demander, dit Zadig, depuis quel temps vous
exercez cette noble profession ? — Dès ma
plus tendre jeunesse, reprit le seigneur. J'étais
20   valet d'un Arabe assez habile ; ma situation
m'était insupportable. J'étais au désespoir de

1. D'Herbelot (*Bibliothèque orientale*, 396 *b*, 432) donne
des indications sur de fameux brigands arabes souvent par-
venus à de hautes dignités. En 1773, dans les *Fragments
historiques sur l'Inde* (art. IX et XXXIV), Voltaire parlera des
exploits qu'en 1747 avait déjà accomplis le brigand Abdale,
qui se fit voleur de grand chemin et devint un grand prince.
Dans *Gil Blas de Santillane* (1715-1735), liv. I, chap. V-X,
Lesage racontait le séjour de son héros dans une caverne de
voleurs.

voir que dans toute la terre, qui appartient également aux hommes, la destinée ne m'eût pas réservé ma portion[1]. Je confiai mes peines à un vieil Arabe, qui me dit : "Mon fils, ne désespérez pas : il y avait autrefois un grain de sable[2] qui se lamentait d'être un atome ignoré dans les déserts ; au bout de quelques années il devint diamant, et il est à présent le plus bel ornement de la couronne du roi des Indes." Ce discours me fit impression ; j'étais le grain de sable, je résolus de devenir diamant. Je commençai par voler deux chevaux ; je m'associai des camarades ; je me mis en état de voler de petites caravanes ; ainsi je fis cesser peu à peu

1. Arbogad applique la doctrine de Hobbes, dans son *De Cive* (I, 10), résumée ainsi par Clarke, dans son *Traité de l'existence et des attributs de Dieu*, traduction Ricotier, 1717 : «Tout le système de Hobbes roule sur ce principe que tous les hommes étant égaux dans la nature, ont tous un même droit de s'approprier ce qu'ils trouvent à leur bienséance, [...] et peuvent s'emparer du bien d'autrui par force.»

2. D'Herbelot (*Bibliothèque orientale*, 153 *a*) rappelle ce proverbe turc : «Une pierre brute du Badkschian devient un rubis lorsque le soleil entreprend de la purifier.» Sur la puissance de Dieu, Voltaire cite Sadi (*Essai sur les mœurs*, chap. LXXXII, «Sciences et arts aux XIIIᵉ et XIVᵉ siècles») :

Il prend deux gouttes d'eau : de l'une il fait un homme,
De l'autre il arrondit la perle au fond des mers.

L'écrivain et publiciste anglais Addison, dans le *Spectator* (5 février 1712), avait aimablement développé la même histoire.

la disproportion qui était d'abord entre les
hommes et moi. J'eus ma part aux biens de ce
monde, et je fus même dédommagé avec usure :
on me considéra beaucoup ; je devins seigneur
brigand, j'acquis ce château par voie de fait.
Le satrape de Syrie voulut m'en déposséder ;
mais j'étais déjà trop riche pour avoir rien
à craindre : je donnai de l'argent au satrape,
moyennant quoi je conservai ce château, et
j'agrandis mes domaines ; il me nomma même
trésorier des tributs que l'Arabie Pétrée payait
au roi des rois. Je fis ma charge de receveur, et
point du tout celle de payeur.

« Le grand desterham de Babylone envoya
ici, au nom du roi Moabdar, un petit satrape
pour me faire étrangler. Cet homme arriva avec
son ordre : j'étais instruit de tout ; je fis étrangler en sa présence les quatre personnes qu'il
avait amenées avec lui pour serrer le lacet ;
après quoi je lui demandai ce que pouvait lui
valoir la commission de m'étrangler. Il me
répondit que ses honoraires pouvaient aller à
trois cents pièces d'or. Je lui fis voir clair qu'il
y aurait plus à gagner avec moi. Je le fis sous-
brigand ; il est aujourd'hui un de mes meilleurs
officiers, et des plus riches. Si vous m'en croyez,
vous réussirez comme lui. Jamais la saison de
voler n'a été meilleure, depuis que Moabdar
est tué et que tout est confusion dans Babylone.

— Moabdar est tué ! dit Zadig, et qu'est devenue la reine Astarté ? — Je n'en sais rien, reprit Arbogad. Tout ce que je sais, c'est que Moabdar est devenu fou, qu'il a été tué, que Babylone est un grand coupe-gorge, que tout l'empire est désolé, qu'il y a de beaux coups à faire encore, et que pour ma part j'en ai fait d'admirables. — Mais la reine ? dit Zadig ; de grâce, ne savez-vous rien de la destinée de la reine ? — On m'a parlé d'un prince d'Hyrcanie, reprit-il ; elle est probablement parmi ses concubines, si elle n'a pas été tuée dans le tumulte ; mais je suis plus curieux de butin que de nouvelles. J'ai pris plusieurs femmes dans mes courses ; je n'en garde aucune ; je les vends cher quand elles sont belles, sans m'informer de ce qu'elles sont. On n'achète point le rang ; une reine qui serait laide ne trouverait pas marchand : peut-être ai-je vendu la reine Astarté, peut-être est-elle morte ; mais peu m'importe, et je pense que vous ne devez pas vous en soucier plus que moi. » En parlant ainsi il buvait avec tant de courage, il confondait tellement toutes les idées, que Zadig n'en put tirer aucun éclaircissement.

Il restait interdit, accablé, immobile. Arbogad buvait toujours, faisait des contes, répétait sans cesse qu'il était le plus heureux de tous les hommes, exhortant Zadig à se rendre aussi

heureux que lui. Enfin, doucement assoupi par
les fumées du vin, il alla dormir d'un sommeil
tranquille. Zadig passa la nuit dans l'agitation
la plus violente. «Quoi! disait-il, le roi est
5   devenu fou! il est tué! Je ne peux m'empêcher de le plaindre. L'empire est déchiré, et ce
brigand est heureux. Ô fortune! ô destinée!
un voleur est heureux et ce que la nature a fait
de plus aimable a péri peut-être d'une manière
10 affreuse, ou vit dans un état pire que la mort.
Ô Astarté! qu'êtes-vous devenue?»

Dès le point du jour, il interrogea tous ceux
qu'il rencontrait dans le château; mais tout le
monde était occupé, personne ne lui répondit:
15 on avait fait pendant la nuit de nouvelles
conquêtes, on partageait les dépouilles. Tout
ce qu'il put obtenir dans cette confusion tumul-
tueuse, ce fut la permission de partir. Il en pro-
fita sans tarder, plus abîmé que jamais dans ses
20 réflexions douloureuses.

Zadig marchait inquiet, agité, l'esprit tout
occupé de la malheureuse Astarté, du roi de
Babylone, de son fidèle Cador, de l'heureux
brigand Arbogad, de cette femme si capricieuse
25 que les Babyloniens avaient enlevée sur les
confins de l'Égypte; enfin de tous les contre-
temps et de toutes les infortunes qu'il avait
éprouvés.

CHAPITRE XV

LE PÊCHEUR

À quelques lieues du château d'Arbogad, il se trouva sur le bord d'une petite rivière, toujours déplorant sa destinée et se regardant comme le modèle du malheur. Il vit un pêcheur couché sur la rive, tenant à peine d'une main languissante son filet, qu'il semblait abandonner, et levant les yeux vers le ciel.

«Je suis certainement le plus malheureux de tous les hommes, disait le pêcheur. J'ai été, de l'aveu de tout le monde, le plus célèbre marchand de fromages à la crème dans Babylone, et j'ai été ruiné. J'avais la plus jolie femme qu'homme de ma sorte pût posséder, et j'en ai été trahi. Il me restait une chétive maison, je l'ai vue pillée et détruite. Réfugié dans une cabane, je n'ai de ressource que ma pêche, et je ne prends pas un poisson. Ô mon filet ! je ne te jetterai plus dans l'eau, c'est à moi de m'y jeter.» En disant ces mots il se lève, et s'avance dans l'attitude d'un homme qui allait se précipiter et finir sa vie.

«Eh quoi ! se dit Zadig à lui-même, il y a donc des hommes aussi malheureux que moi ! »

L'ardeur de sauver la vie au pêcheur fut aussi
prompte que cette réflexion. Il court à lui, il
l'arrête, il l'interroge d'un air attendri et
consolant. On prétend qu'on en est moins mal-
5   heureux quand on ne l'est pas seul. Mais, selon
Zoroastre, ce n'est pas par malignité, c'est par
besoin. On se sent alors entraîné vers un infortuné comme vers son semblable. La joie d'un
homme heureux serait une insulte ; mais deux
10   malheureux sont comme deux arbrisseaux
faibles qui, s'appuyant l'un sur l'autre, se for-
tifient contre l'orage.

« Pourquoi succombez-vous à vos malheurs ? dit Zadig au pêcheur. — C'est, répon-
15   dit-il, parce que je n'y vois pas de ressource.
J'ai été le plus considéré du village de Derlback[1] auprès de Babylone, et je faisais, avec
l'aide de ma femme, les meilleurs fromages à
la crème de l'empire. La reine Astarté et le
20   fameux ministre Zadig les aimaient passion-
nément. J'avais fourni à leur maison six cents
fromages. J'allai un jour à la ville pour être
payé ; j'appris, en arrivant dans Babylone, que

---

1. Derlback est sans doute un nom de fantaisie. G. Ascoli
suggère une déformation de Diarbek, nom de la Mésopota-
mie, et de Diarbékir, nom d'une ville du Kurdistan, sur le
Tigre. Mais il peut tout aussi bien s'agir d'une facétie de
Voltaire, accolant un nom de consonance germanique (Erl-
bach) à Babylone !

la reine et Zadig avaient disparu. Je courus
chez le seigneur Zadig, que je n'avais jamais
vu : je trouvai les archers du grand desterham,
qui, munis d'un papier royal, pillaient sa maison loyalement et avec ordre. Je volai aux cui-   5
sines de la reine : quelques-uns des seigneurs
de la bouche me dirent qu'elle était morte ;
d'autres dirent qu'elle était en prison ; d'autres
prétendirent qu'elle avait pris la fuite ; mais
tous m'assurèrent qu'on ne me payerait point   10
mes fromages. J'allai avec ma femme chez le
seigneur Orcan, qui était une de mes pratiques :
nous lui demandâmes sa protection dans notre
disgrâce ; il l'accorda à ma femme, et me la
refusa. Elle était plus blanche que ses fromages   15
à la crème, qui commencèrent mon malheur ;
et l'éclat de la pourpre de Tyr n'était pas plus
brillant que l'incarnat qui animait cette blancheur. C'est ce qui fit qu'Orcan la retint, et me
chassa de sa maison. J'écrivis à ma chère   20
femme la lettre d'un désespéré. Elle dit au por-
teur : "Ah, ah ! oui, je sais quel est l'homme
qui m'écrit, j'en ai entendu parler : on dit qu'il
fait des fromages à la crème excellents ; qu'on
m'en apporte, et qu'on les lui paye."   25

   « Dans mon malheur, je voulus m'adresser
à la justice. Il me restait six onces d'or : il fallut en donner deux onces à l'homme de loi que
je consultai, deux au procureur qui entreprit

mon affaire, deux au secrétaire du premier juge.
Quand tout cela fut fait, mon procès n'était
pas encore commencé, et j'avais déjà dépensé
plus d'argent que mes fromages et ma femme
5   ne valaient. Je retournai à mon village dans
l'intention de vendre ma maison pour avoir
ma femme.

« Ma maison valait bien soixante onces d'or ;
mais on me voyait pauvre et pressé de vendre.
10 Le premier à qui je m'adressai m'en offrit
trente onces, le second vingt, et le troisième
dix. J'étais prêt enfin de conclure, tant j'étais
aveuglé, lorsqu'un prince d'Hyrcanie vint à
Babylone et ravagea tout sur son passage. Ma
15 maison fut d'abord saccagée, et ensuite brûlée.

« Ayant ainsi perdu mon argent, ma femme
et ma maison, je me suis retiré dans ce pays où
vous me voyez. J'ai tâché de subsister du
métier de pêcheur ; les poissons se moquent de
20 moi comme les hommes. Je ne prends rien, je
meurs de faim ; et sans vous, auguste consola-
teur, j'allais mourir dans la rivière. »

Le pêcheur ne fit point ce récit tout de suite ;
car à tout moment Zadig, ému et transporté, lui
25 disait : « Quoi ! vous ne savez rien de la destinée de la reine ? — Non, Seigneur, répondait le
pêcheur ; mais je sais que la reine et Zadig ne
m'ont point payé mes fromages à la crème,
qu'on a pris ma femme, et que je suis au déses-

poir. — Je me flatte, dit Zadig, que vous ne
perdrez pas tout votre argent. J'ai entendu parler de ce Zadig ; il est honnête homme ; et s'il
retourne à Babylone, comme il l'espère, il vous
donnera plus qu'il ne vous doit ; mais pour   5
votre femme, qui n'est pas si honnête, je vous
conseille de ne pas chercher à la reprendre.
Croyez-moi, allez à Babylone ; j'y serai avant
vous, parce que je suis à cheval et que vous
êtes à pied. Adressez-vous à l'illustre Cador ;   10
dites-lui que vous avez rencontré son ami ;
attendez-moi chez lui. Allez ; peut-être ne
serez-vous pas toujours malheureux.

« Ô puissant Orosmade ! continua-t-il, vous
vous servez de moi pour consoler cet homme,   15
de qui vous servirez-vous pour me consoler ? »
En parlant ainsi il donnait au pêcheur la moitié de tout l'argent qu'il avait apporté d'Arabie, et le pêcheur, confondu et ravi, baisait les
pieds de l'ami de Cador, et disait : « Vous êtes   20
un ange sauveur. »

Cependant Zadig demandait toujours des
nouvelles et versait des larmes. « Quoi ! Seigneur, s'écria le pêcheur, vous seriez donc
aussi malheureux, vous qui faites du bien ?   25
— Plus malheureux que toi cent fois, répondait
Zadig. — Mais comment se peut-il faire, disait
le bonhomme, que celui qui donne soit plus à
plaindre que celui qui reçoit ? — C'est que ton

plus grand malheur, reprit Zadig, était le
besoin, et que je suis infortuné par le cœur. —
Orcan vous aurait-il pris votre femme ? » dit le
pêcheur. Ce mot rappela dans l'esprit de Zadig
5 toutes ses aventures : il répétait la liste de ses
infortunes, à commencer depuis la chienne de
la reine jusqu'à son arrivée chez le brigand
Arbogad. « Ah ! dit-il au pêcheur, Orcan mérite
d'être puni. Mais d'ordinaire ce sont ces gens-
10 là qui sont les favoris de la destinée. Quoi qu'il
en soit, va chez le seigneur Cador, et attends-
moi. » Ils se séparèrent : le pêcheur marcha en
remerciant son destin, et Zadig courut en accusant toujours le sien.

CHAPITRE XVI

LE BASILIC[1]

15 Arrivé dans une belle prairie, il y vit plusieurs femmes qui cherchaient quelque chose

---

1. Ce *basilic* n'est pas le genre d'iguane décrit par nos
zoologies, mais un serpent fabuleux dont le regard était
mortel pour les êtres vivants, sauf les femmes. Une allusion
grivoise de la part de Voltaire n'est pas à exclure, cf. « ce
[…] qu'il n'est permis qu'aux femmes de toucher », etc.

avec beaucoup d'application. Il prit la liberté
de s'approcher de l'une d'elles et de lui
demander s'il pouvait avoir l'honneur de les
aider dans leurs recherches. « Gardez-vous-en
bien, répondit la Syrienne ; ce que nous cher-   5
chons ne peut être touché que par des femmes.
— Voilà qui est bien étrange, dit Zadig ; ose-
rais-je vous prier de m'apprendre ce que c'est
qu'il n'est permis qu'aux femmes de toucher ?
— C'est un basilic, dit-elle. — Un basilic,   10
madame ? et pour quelle raison, s'il vous plaît,
cherchez-vous un basilic ? — C'est pour notre
seigneur et maître Ogul[1], dont vous voyez le
château sur le bord de cette rivière, au bout de
la prairie. Nous sommes ses très humbles   15
esclaves ; le seigneur Ogul est malade ; son
médecin lui a ordonné de manger un basilic
cuit dans l'eau rose, et comme c'est un animal
fort rare, qui ne se laisse jamais prendre que
par des femmes, le seigneur Ogul a promis de   20
choisir pour sa femme bien-aimée celle de
nous qui lui apporterait un basilic : laissez-moi

---

1. Ogul est bien un nom oriental, indiqué par d'Herbelot
(*Bibliothèque orientale*, 164 *a* ; 335 *a*, etc.) et à la mode
dans les romans orientaux de la première moitié du
XVIIIe siècle (cf. Mangogul, héros des *Bijoux indiscrets* de
Diderot, 1748). Par ailleurs, il se trouve qu'Ogul est l'anagramme du mot latin *gulo*, glouton, et il est très probable
que Voltaire a été sensible à cette rencontre.

chercher, s'il vous plaît, car vous voyez ce
qu'il m'en coûterait si j'étais prévenue par mes
compagnes. »

Zadig laissa cette Syrienne et les autres
chercher leur basilic, et continua de marcher
dans la prairie. Quand il fut au bord d'un petit
ruisseau, il y trouva une autre dame couchée
sur le gazon, et qui ne cherchait rien. Sa taille
paraissait majestueuse, mais son visage était
couvert d'un voile. Elle était penchée vers le
ruisseau ; de profonds soupirs sortaient de sa
bouche. Elle tenait en main une petite baguette,
avec laquelle elle traçait des caractères sur un
sable fin qui se trouvait entre le gazon et le
ruisseau. Zadig eut la curiosité de voir ce que
cette femme écrivait ; il s'approcha, il vit la
lettre z, puis un A ; il fut étonné, puis parut un
D ; il tressaillit. Jamais surprise ne fut égale à
la sienne quand il vit les deux dernières lettres
de son nom. Il demeura quelque temps immobile ; enfin, rompant le silence d'une voix
entrecoupée : « Ô généreuse dame ! pardonnez
à un étranger, à un infortuné, d'oser vous
demander par quelle aventure étonnante je
trouve ici le nom de ZADIG tracé de votre main
divine. » À cette voix, à ces paroles, la dame
releva son voile d'une main tremblante,
regarda Zadig, jeta un cri d'attendrissement,
de surprise et de joie, et, succombant sous tous

les mouvements divers qui assaillaient à la fois
son âme, elle tomba évanouie entre ses bras.
C'était Astarté elle-même, c'était la reine de
Babylone, c'était celle que Zadig adorait, et
qu'il se reprochait d'adorer ; c'était celle dont
il avait tant pleuré et tant craint la destinée. Il
fut un moment privé de l'usage de ses sens ; et
quand il eut attaché ses regards sur les yeux
d'Astarté, qui se rouvraient avec une langueur
mêlée de confusion et de tendresse : « Ô puissances immortelles ! s'écria-t-il, qui présidez
aux destins des faibles humains, me rendez-
vous Astarté ? En quel temps, en quels lieux,
en quel état la revois-je ! » Il se jeta à genoux
devant Astarté, et il attacha son front à la
poussière de ses pieds. La reine de Babylone
le relève, et le fait asseoir auprès d'elle sur le
bord de ce ruisseau ; elle essuyait à plusieurs
reprises ses yeux, dont les larmes recommen-
çaient toujours à couler. Elle reprenait vingt
fois des discours que ses gémissements inter-
rompaient ; elle l'interrogeait sur le hasard qui
les rassemblait, et prévenait soudain ses
réponses par d'autres questions. Elle entamait
le récit de ses malheurs, et voulait savoir ceux
de Zadig. Enfin tous deux ayant un peu apaisé
le tumulte de leurs âmes, Zadig lui conta en
peu de mots par quelle aventure il se trouvait
dans cette prairie. « Mais, ô malheureuse et

respectable reine! comment vous retrouvé-je
en ce lieu écarté, vêtue en esclave, et accom-
pagnée d'autres femmes esclaves qui cherchent un basilic pour le faire cuire dans de
5   l'eau rose par ordonnance du médecin?

— Pendant qu'elles cherchent leur basilic,
dit la belle Astarté, je vais vous apprendre tout
ce que j'ai souffert, et tout ce que je pardonne
au ciel depuis que je vous revois. Vous savez
10   que le roi mon mari trouva mauvais que vous
fussiez le plus aimable de tous les hommes; et
ce fut pour cette raison qu'il prit une nuit la
résolution de vous faire étrangler et de m'empoisonner. Vous savez comme le ciel permit
15   que mon petit muet m'avertît de l'ordre de Sa
Sublime Majesté. À peine le fidèle Cador vous
eut-il forcé de m'obéir et de partir qu'il osa
entrer chez moi au milieu de la nuit par une
issue secrète. Il m'enleva, et me conduisit dans
20   le temple d'Orosmade, où le mage, son frère,
m'enferma dans une statue colossale dont la
base touche aux fondements du temple et dont
la tête atteint la voûte. Je fus là comme ense-
velie, mais servie par le mage et ne manquant
25   d'aucune chose nécessaire. Cependant, au point
du jour, l'apothicaire de sa Majesté entra dans
ma chambre avec une potion mêlée de jus-
quiame, d'opium, de ciguë, d'ellébore noir et
d'aconit; et un autre officier alla chez vous

avec un lacet de soie bleue. On ne trouva personne. Cador, pour mieux tromper le roi, feignit de venir nous accuser tous deux. Il dit que vous aviez pris la route des Indes, et moi celle de Memphis : on envoya des satellites après vous et après moi.

« Les courriers qui me cherchaient ne me connaissaient pas. Je n'avais presque jamais montré mon visage qu'à vous seul, en présence et par ordre de mon époux. Ils coururent à ma poursuite, sur le portrait qu'on leur faisait de ma personne : une femme de la même taille que moi, et qui peut-être avait plus de charmes, s'offrit à leurs regards sur les frontières de l'Égypte. Elle était éplorée, errante. Ils ne doutèrent pas que cette femme ne fût la reine de Babylone ; ils la menèrent à Moabdar. Leur méprise fit entrer d'abord le roi dans une violente colère ; mais bientôt, ayant considéré de plus près cette femme, il la trouva très belle, et fut consolé. On l'appelait Missouf. On m'a dit depuis que son nom signifie en langue égyptienne *la belle capricieuse*. Elle l'était en effet ; mais elle avait autant d'art que de caprice. Elle plut à Moabdar. Elle le subjugua au point de se faire déclarer sa femme. Alors son caractère se développa tout entier ; elle se livra sans crainte à toutes les folies de son imagination. Elle voulut obliger le chef des mages, qui était

vieux et goutteux, de danser devant elle ; et,
sur le refus du mage, elle le persécuta violem-
ment. Elle ordonna à son grand écuyer de lui
faire une tourte de confitures. Le grand écuyer
5 eut beau lui représenter qu'il n'était point
pâtissier, il fallut qu'il fît la tourte ; et on le
chassa parce qu'elle était trop brûlée. Elle
donna la charge de grand écuyer à son nain, et
la place de chancelier à un page. C'est ainsi
10 qu'elle gouverna Babylone. Tout le monde me
regrettait. Le roi, qui avait été assez honnête
homme jusqu'au moment où il avait voulu
m'empoisonner et vous faire étrangler, semblait avoir noyé ses vertus dans l'amour prodi-
15 gieux qu'il avait pour la belle capricieuse. Il
vint au temple le grand jour du feu sacré. Je le
vis implorer les dieux pour Missouf aux pieds
de la statue où j'étais renfermée. J'élevai la
voix ; je lui criai : *Les dieux refusent les vœux*
20 *d'un roi devenu tyran, qui a voulu faire mourir*
une femme raisonnable pour épouser une
extravagante. Moabdar fut confondu de ces
paroles au point que sa tête se troubla. L'oracle
que j'avais rendu et la tyrannie de Missouf
25 suffisaient pour lui faire perdre le jugement. Il
devint fou en peu de jours.

« Sa folie, qui parut un châtiment du ciel, fut
le signal de la révolte. On se souleva, on courut aux armes. Babylone, si longtemps plon-

gée dans une mollesse oisive, devint le théâtre
d'une guerre civile affreuse. On me tira du
creux de ma statue, et on me mit à la tête d'un
parti. Cador courut à Memphis pour vous
ramener à Babylone. Le prince d'Hyrcanie,
apprenant ces funestes nouvelles, revint avec
son armée faire un troisième parti dans la Chaldée. Il attaqua le roi, qui courut au-devant de
lui avec son extravagante Égyptienne. Moabdar mourut percé de coups. Missouf tomba
aux mains des vainqueurs. Mon malheur voulut que je fusse prise moi-même par un parti
hyrcanien, et qu'on me menât devant le prince
précisément dans le temps qu'on lui amenait
Missouf. Vous serez flatté, sans doute, en
apprenant que le prince me trouva plus belle
que l'Égyptienne ; mais vous serez fâché d'apprendre qu'il me destina à son sérail. Il me dit
fort résolument que, dès qu'il aurait fini une
expédition militaire qu'il allait exécuter, il
viendrait à moi. Jugez de ma douleur. Mes
liens avec Moabdar étaient rompus, je pouvais
être à Zadig ; et je tombais dans les chaînes
d'un barbare. Je lui répondis avec toute la
fierté que me donnaient mon rang et mes sentiments. J'avais toujours entendu dire que le
ciel attachait aux personnes de ma sorte un
caractère de grandeur qui, d'un mot et d'un
coup d'œil, faisait rentrer dans l'abaissement

du plus profond respect les téméraires qui
osaient s'en écarter. Je parlai en reine ; mais je
fus traitée en demoiselle suivante. L'Hyrcanien, sans daigner seulement m'adresser la
parole, dit à son eunuque noir que j'étais une
impertinente, mais qu'il me trouvait jolie. Il
lui ordonna d'avoir soin de moi, et de me
mettre au régime des favorites, afin de me
rafraîchir le teint et de me rendre plus digne de
ses faveurs pour le jour où il aurait la commo-
dité de m'en honorer. Je lui dis que je me tue-
rais ; il répliqua en riant qu'on ne se tuait
point, qu'il était fait à ces façons-là, et me
quitta comme un homme qui vient de mettre
un perroquet dans sa ménagerie. Quel état
pour la première reine de l'univers, et, je dirai
plus, pour un cœur qui était à Zadig ! »

À ces paroles, il se jeta à ses genoux et les
baigna de larmes. Astarté le releva tendrement,
et elle continua ainsi : « Je me voyais au pouvoir d'un barbare et rivale d'une folle avec qui
j'étais renfermée. Elle me raconta son aventure
d'Égypte. Je jugeai par les traits dont elle vous
peignait, par le temps, par le dromadaire sur
lequel vous étiez monté, par toutes les circonstances, que c'était Zadig qui avait combattu
pour elle. Je ne doutai pas que vous ne fussiez à
Memphis ; je pris la résolution de m'y retirer.
"Belle Missouf, lui dis-je, vous êtes beaucoup

plus plaisante que moi, vous divertirez bien
mieux que moi le prince d'Hyrcanie. Facilitez-
moi les moyens de me sauver ; vous régnerez
seule, vous me rendrez heureuse en vous
débarrassant d'une rivale." Missouf concerta 5
avec moi les moyens de ma fuite. Je partis donc
secrètement avec une esclave égyptienne.

« J'étais déjà près de l'Arabie, lorsqu'un
fameux voleur, nommé Arbogad, m'enleva, et
me vendit à des marchands qui m'ont amenée 10
dans ce château, où demeure le seigneur Ogul.
Il m'a achetée sans savoir qui j'étais. C'est un
homme voluptueux qui ne cherche qu'à faire
grande chère, et qui croit que Dieu l'a mis au
monde pour tenir table. Il est d'un embonpoint 15
excessif, qui est toujours prêt à le suffoquer.
Son médecin, qui n'a que peu de crédit auprès
de lui quand il digère bien, le gouverne despo-
tiquement quand il a trop mangé. Il lui a persuadé qu'il le guérirait avec un basilic cuit 20
dans de l'eau rose. Le seigneur Ogul a promis
sa main à celle de ses esclaves qui lui apporterait un basilic. Vous voyez que je les laisse
s'empresser à mériter cet honneur, et je n'ai
jamais eu moins d'envie de trouver ce basilic 25
que depuis que le ciel a permis que je vous
revisse. »

Alors Astarté et Zadig se dirent tout ce que
des sentiments longtemps retenus, tout ce que

leurs malheurs et leurs amours pouvaient inspirer aux cœurs les plus nobles et les plus pas-
sionnés ; et les génies qui présidaient à l'amour
portèrent leurs paroles jusqu'à la sphère de
5   Vénus.

Les femmes rentrèrent chez Ogul sans avoir
rien trouvé. Zadig se fit présenter à lui, et lui
parla en ces termes : « Que la santé immortelle
descende du ciel pour avoir soin de tous vos
10   jours ! Je suis médecin ; j'ai accouru vers vous
sur le bruit de votre maladie, et je vous ai
apporté un basilic cuit dans de l'eau rose. Ce
n'est pas que je prétende vous épouser. Je ne
vous demande que la liberté d'une jeune esclave
15   de Babylone que vous avez depuis quelques
jours ; et je consens de rester en esclavage à sa
place si je n'ai pas le bonheur de guérir le
magnifique seigneur Ogul. »

La proposition fut acceptée. Astarté partit
20   pour Babylone avec le domestique de Zadig,
en lui promettant de lui envoyer incessamment
un courrier pour l'instruire de tout ce qui se
serait passé. Leurs adieux furent aussi tendres
que l'avait été leur reconnaissance. Le moment
25   où l'on se retrouve et celui où l'on se sépare
sont les deux plus grandes époques de la vie,
comme dit le grand livre du *Zend*. Zadig
aimait la reine autant qu'il le jurait, et la reine
aimait Zadig plus qu'elle ne lui disait.

Cependant Zadig parla ainsi à Ogul : « Seigneur, on ne mange point mon basilic, toute sa
vertu doit entrer chez vous par les pores. Je
l'ai mis dans un petit outre bien enflé et couvert d'une peau fine : il faut que vous poussiez
cet outre de toute votre force, et que je vous le
renvoie à plusieurs reprises ; et en peu de jours
de régime vous verrez ce que peut mon art. »
Ogul, dès le premier jour, fut tout essoufflé, et
crut qu'il mourrait de fatigue. Le second, il fut
moins fatigué, et dormit mieux. En huit jours
il recouvra toute la force, la santé, la légèreté
et la gaieté de ses plus brillantes années. « Vous
avez joué au ballon, et vous avez été sobre, lui
dit Zadig : apprenez qu'il n'y a point de basilic dans la nature, qu'on se porte toujours bien
avec de la sobriété et de l'exercice, et que l'art
de faire subsister ensemble l'intempérance et la
santé est un art aussi chimérique que la pierre
philosophale, l'astrologie judiciaire[1] et la théo-
logie des mages. »

Le premier médecin d'Ogul, sentant combien cet homme était dangereux pour la médecine, s'unit avec l'apothicaire du corps pour
envoyer Zadig chercher des basilics dans
l'autre monde. Ainsi, après avoir été toujours

1. L'astrologie judiciaire est cette partie de l'astrologie
qui étudie le caractère et l'avenir d'un enfant d'après l'influence exercée par la situation des astres à sa naissance.

puni pour avoir bien fait, il était prêt de périr
pour avoir guéri un seigneur gourmand. On
l'invita à un excellent dîner. Il devait être
empoisonné au second service ; mais il reçut un
5   courrier de la belle Astarté au premier. Il quitta
la table, et partit. « Quand on est aimé d'une
belle femme, dit le grand Zoroastre, on se tire
toujours d'affaire dans ce monde. »

CHAPITRE XVII

LES COMBATS

La reine avait été reçue à Babylone avec les
10   transports qu'on a toujours pour une belle princesse qui a été malheureuse. Babylone alors
paraissait être plus tranquille. Le prince d'Hyrcanie avait été tué dans un combat. Les Babyloniens, vainqueurs, déclarèrent qu'Astarté
15   épouserait celui qu'on choisirait pour souverain. On ne voulut point que la première place
du monde, qui serait celle de mari d'Astarté et
de roi de Babylone, dépendît des intrigues et
des cabales. On jura de reconnaître pour roi le
20   plus vaillant et le plus sage. Une grande lice
bordée d'amphithéâtres magnifiquement ornés

fut formée à quelques lieues de la ville. Les combattants devaient s'y rendre armés de toutes pièces. Chacun d'eux avait derrière les amphithéâtres un appartement séparé où il ne devait être vu ni connu de personne. Il fallait courir quatre lances. Ceux qui seraient assez heureux pour vaincre quatre chevaliers devraient combattre ensuite les uns contre les autres ; de façon que celui qui resterait le dernier maître du champ serait proclamé le vainqueur des jeux. Il devait revenir quatre jours après, avec les mêmes armes, et expliquer les énigmes proposés[1] par les mages. S'il n'expliquait point les énigmes, il n'était point roi, et il fallait recommencer à courir des lances jusqu'à ce qu'on trouvât un homme qui fût vainqueur dans ces deux combats ; car on voulait absolument pour roi le plus vaillant et le plus sage[2]. La reine,

1. Comme plus haut le mot *outre* (p. 117), le mot *énigme* est couramment masculin au XVIIe et encore au XVIIIe siècle, quoique Richelet (*Dictionnaire français*, 1680) le donne déjà comme «plus souvent féminin».

2. L'atmosphère évoquée ici est typiquement celle de l'Arioste (voir le *Roland furieux*, 1532, chant XVII), qui procède elle-même de celle des vieux romans de chevalerie. Voltaire, d'abord très réservé à l'égard de l'Arioste (voir l'*Essai sur la poésie épique*, 1727-1733), se livre à son goût pour cet écrivain dans les années quarante, lorsqu'il s'initie à l'italien. Sa prédilection ne cessera de se confirmer. Ce qui l'enchantait de plus en plus chez l'Arioste était le mélange de fantaisie, d'ironie et de poésie qu'il y trouvait.

pendant tout ce temps, devait être étroitement
gardée : on lui permettait seulement d'assister
aux jeux, couverte d'un voile ; mais on ne
souffrait pas qu'elle parlât à aucun des prétendants, afin qu'il n'y eût ni faveur ni injustice.

Voilà ce qu'Astarté faisait savoir à son
amant, espérant qu'il montrerait pour elle plus
de valeur et d'esprit que personne. Il partit, et
pria Vénus de fortifier son courage et d'éclairer son esprit. Il arriva sur le rivage de l'Euphrate la veille de ce grand jour. Il fit inscrire
sa devise parmi celles des combattants, en
cachant son visage et son nom, comme la loi
l'ordonnait, et alla se reposer dans l'appartement qui lui échut par le sort. Son ami Cador,
qui était revenu à Babylone après l'avoir inutilement cherché en Égypte, fit porter dans sa
loge une armure complète que la reine lui
envoyait. Il lui fit amener aussi de sa part le
plus beau cheval de Perse. Zadig reconnut
Astarté à ces présents : son courage et son
amour en prirent de nouvelles forces et de
nouvelles espérances.

Le lendemain, la reine étant venue se placer
sous un dais de pierreries, et les amphithéâtres
étant remplis de toutes les dames et de tous les
ordres de Babylone, les combattants parurent
dans le cirque. Chacun d'eux vint mettre sa
devise aux pieds du grand mage. On tira au

sort les devises; celle de Zadig fut la dernière.
Le premier qui s'avança était un seigneur très
riche, nommé Itobad, fort vain, peu courageux,
très maladroit, et sans esprit. Ses domestiques
l'avaient persuadé qu'un homme comme lui 5
devait être roi; il leur avait répondu: «Un
homme comme moi doit régner[1].» Ainsi on
l'avait armé de pied en cap. Il portait une
armure d'or émaillée de vert, un panache vert,
une lance ornée de rubans verts. On s'aperçut 10
d'abord, à la manière dont Itobad gouvernait
son cheval, que ce n'était pas un homme
comme lui à qui le ciel réservait le sceptre de
Babylone. Le premier cavalier qui courut
contre lui le désarçonna; le second le renversa 15
sur la croupe de son cheval, les deux jambes
en l'air et les bras étendus. Itobad se remit,
mais de si mauvaise grâce que tout l'amphithéâtre se mit à rire. Un troisième ne daigna pas
se servir de sa lance; mais, en lui faisant une 20
passe, il le prit par la jambe droite, et lui faisant faire un demi-tour, il le fit tomber sur le

1. Voltaire n'a cessé de railler ce trait d'orgueil de la
noblesse, comme Destouches l'avait fait dans *Le Glorieux*
(1732), ou Duclos dans ses *Confessions du comte de****
(1742). On lit dans la *Xe Lettre philosophique* (1734): «En
France est marquis qui veut, et quiconque arrive à Paris du
fond d'une province avec de l'argent à dépenser et un nom en
ac ou en *ille* peut dire "un homme comme moi, un homme de
ma qualité" et mépriser souverainement un négociant.»

sable ; les écuyers des jeux accoururent à lui
en riant et le remirent en selle. Le quatrième
combattant le prend par la jambe gauche, et le
fait tomber de l'autre côté. On le conduisit
avec des huées à sa loge, où il devait passer la
nuit selon la loi ; et il disait en marchant à
peine : « Quelle aventure pour un homme
comme moi ! »

Les autres chevaliers s'acquittèrent mieux
de leur devoir. Il y en eut qui vainquirent deux
combattants de suite ; quelques-uns allèrent
jusqu'à trois. Il n'y eut que le prince Otame
qui en vainquit quatre. Enfin Zadig combattit
à son tour : il désarçonna quatre cavaliers de
suite avec toute la grâce possible. Il fallut
donc voir qui serait vainqueur d'Otame ou de
Zadig. Le premier portait des armes bleues et
or, avec un panache de même ; celles de Zadig
étaient blanches[1]. Tous les vœux se parta-
geaient entre le cavalier bleu et le cavalier
blanc. La reine, à qui le cœur palpitait, faisait
des prières au ciel pour la couleur blanche.

Les deux champions firent des passes et des
voltes avec tant d'agilité, ils se donnèrent de si
beaux coups de lance, ils étaient si fermes sur
leurs arçons que tout le monde, hors la reine,

---

1. Ainsi, dans le *Roland furieux* (chant XVII), les armes
enchantées de Grifon et de son cheval « égalaient la neige en
blancheur ».

souhaitait qu'il y eût deux rois dans Babylone.
Enfin, leurs chevaux étant lassés, et leurs
lances rompues, Zadig usa de cette adresse : il
passe derrière le prince bleu, s'élance sur la
croupe de son cheval, le prend par le milieu du 5
corps, le jette à terre, se met en selle à sa place
et caracole autour d'Otame étendu sur la place.
Tout l'amphithéâtre crie : « Victoire au cavalier blanc ! » Otame, indigné, se relève, tire son
épée ; Zadig saute de cheval, le sabre à la main. 10
Les voilà tous deux sur l'arène, livrant un nouveau combat, où la force et l'agilité triomphent
tour à tour. Les plumes de leur casque, les
clous de leurs brassards, les mailles de leur
armure sautent au loin sous mille coups préci- 15
pités. Ils frappent de pointe et de taille, à
droite, à gauche, sur la tête, sur la poitrine ; ils
reculent, ils avancent, ils se mesurent, ils se
rejoignent, ils se saisissent, ils se replient
comme des serpents, ils s'attaquent comme 20
des lions ; le feu jaillit à tout moment des
coups qu'ils se portent. Enfin Zadig, ayant un
moment repris ses esprits, s'arrête, fait une
feinte, passe sur Otame, le fait tomber, le
désarme, et Otame s'écrie : « Ô chevalier 25
blanc ! c'est vous qui devez régner sur Babylone. » La reine était au comble de la joie. On
reconduisit le chevalier bleu et le chevalier
blanc chacun à leur loge, ainsi que tous les

autres, selon ce qui était porté par la loi. Des
muets vinrent les servir et leur apporter à manger. On peut juger si le petit muet de la reine
ne fut pas celui qui servit Zadig. Ensuite on les
laissa dormir seuls jusqu'au lendemain matin,
temps où le vainqueur devait apporter sa
devise au grand mage pour la confronter et se
faire reconnaître.

Zadig dormit, quoique amoureux, tant il
était fatigué. Itobad, qui était couché auprès de
lui, ne dormit point. Il se leva pendant la nuit,
entra dans sa loge, prit les armes blanches de
Zadig avec sa devise, et mit son armure verte à
la place. Le point du jour étant venu, il alla fiè-
rement au grand mage déclarer qu'un homme
comme lui était vainqueur. On ne s'y attendait
pas ; mais il fut proclamé pendant que Zadig
dormait encore. Astarté, surprise et le désespoir dans le cœur, s'en retourna dans Babylone. Tout l'amphithéâtre était déjà presque
vide lorsque Zadig s'éveilla ; il chercha ses
armes, et ne trouva que cette armure verte. Il
était obligé de s'en couvrir, n'ayant rien autre
chose auprès de lui. Étonné et indigné, il les
endosse avec fureur, il avance dans cet équipage.

Tout ce qui était encore sur l'amphithéâtre et
dans le cirque le reçut avec des huées. On l'en-
tourait ; on lui insultait en face. Jamais homme

n'essuya de mortifications si humiliantes. La
patience lui échappa ; il écarta à coups de sabre
la populace qui osait l'outrager ; mais il ne
savait quel parti prendre. Il ne pouvait voir la
reine ; il ne pouvait réclamer l'armure blanche
qu'elle lui avait envoyée : c'eût été la compro-
mettre ; ainsi, tandis qu'elle était plongée dans
la douleur, il était pénétré de fureur et d'inquiétude. Il se promenait sur les bords de l'Euphrate, persuadé que son étoile le destinait à
être malheureux sans ressource, repassant
dans son esprit toutes ses disgrâces, depuis
l'aventure de la femme qui haïssait les
borgnes jusqu'à celle de son armure. « Voilà
ce que c'est, disait-il, de m'être éveillé trop
tard ; si j'avais moins dormi, je serais roi
de Babylone, je posséderais Astarté. Les
sciences, les mœurs, le courage, n'ont donc
jamais servi qu'à mon infortune. » Il lui
échappa enfin de murmurer contre la Providence, et il fut tenté de croire que tout était
gouverné par une destinée cruelle qui oppri-
mait les bons et qui faisait prospérer les chevaliers verts. Un de ses chagrins était de porter
cette armure verte qui lui avait attiré tant de
huées. Un marchand passa, il la lui vendit à vil
prix, et prit du marchand une robe et un bonnet long. Dans cet équipage, il côtoyait l'Euphrate, rempli de désespoir, et accusant en

secret la Providence, qui le persécutait toujours.

CHAPITRE XVIII

L'ERMITE[1]

Il rencontra en marchant un ermite dont la
barbe blanche et vénérable lui descendait jus-
5   qu'à la ceinture. Il tenait en main un livre qu'il
lisait attentivement. Zadig s'arrêta, et lui fit
une profonde inclination. L'ermite le salua
d'un air si noble et si doux que Zadig eut la
curiosité de l'entretenir. Il lui demanda quel
10   livre il lisait. « C'est le livre des destinées, dit
l'ermite ; voulez-vous en lire quelque chose ? »
Il mit le livre dans les mains de Zadig, qui,
tout instruit qu'il était dans plusieurs langues,

---

1. L'épisode de l'ermite est inspiré d'une antique
légende montrant que l'homme est incapable de pénétrer
les voies de la Providence. Un très ancien récit d'origine tal-
mudique illustrait déjà cette vérité (voir Gaston Paris, *La
Poésie au Moyen Âge*, 1885). Addison, dans son *Spectator*
du 1er décembre 1711, rapporte cette tradition juive qui
concerne Moïse cheminant avec un serviteur de Dieu. Mais,
ainsi que l'a montré longuement G. Ascoli, la source directe
de Voltaire semble être Parnell, dont les poésies furent ras-
semblées et publiées en 1722.

ne put déchiffrer un seul caractère du livre[1].
Cela redoubla encore sa curiosité. «Vous me
paraissez bien chagrin, lui dit ce bon père.
— Hélas! que j'en ai sujet! dit Zadig. — Si
vous permettez que je vous accompagne,   5
repartit le vieillard, peut-être vous serai-je
utile : j'ai quelquefois répandu des sentiments
de consolation dans l'âme des malheureux.»
Zadig se sentit du respect pour l'air, pour la
barbe et pour le livre de l'ermite. Il lui trouva   10
dans la conversation des lumières supérieures.
L'ermite parlait de la destinée, de la justice, de
la morale, du souverain bien, de la faiblesse
humaine, des vertus et des vices, avec une éloquence si vive et si touchante que Zadig se   15
sentit entraîné vers lui par un charme invincible. Il le pria avec instance de ne le point
quitter jusqu'à ce qu'ils fussent de retour à
Babylone. «Je vous demande moi-même cette
grâce, lui dit le vieillard; jurez-moi par Oros-   20
made que vous ne vous séparerez point de moi
d'ici à quelques jours, quelque chose que je
fasse.» Zadig jura et ils partirent ensemble.

Les deux voyageurs arrivèrent le soir à un

---

1. Ainsi, à la fin de *Micromégas* (1752), les hommes ne
peuvent déchiffrer le livre que leur a laissé le Sirien, dans
lequel «ils verraient le bout des choses» : il est tout blanc.
C'est le «grand livre» de la destinée. Voir encore Diderot,
Jacques le Fataliste (1773).

château superbe. L'ermite demanda l'hospitalité pour lui et pour le jeune homme qui l'ac-
compagnait. Le portier, qu'on aurait pris pour
un grand seigneur, les introduisit avec une
espèce de bonté dédaigneuse. On les présenta à
un principal domestique, qui leur fit voir les
appartements magnifiques du maître. Ils furent
admis à sa table, au bas bout, sans que le seigneur du château les honorât d'un regard ;
mais ils furent servis comme les autres, avec
délicatesse et profusion. On leur donna ensuite
à laver dans un bassin d'or garni d'émeraudes
et de rubis. On les mena coucher dans un bel
appartement, et le lendemain matin un domestique leur apporta à chacun une pièce d'or,
après quoi on les congédia.

« Le maître de la maison, dit Zadig, en chemin, me paraît être un homme généreux,
quoique un peu fier ; il exerce noblement
l'hospitalité. » En disant ces paroles, il aperçut
qu'une espèce de poche très large que portait
l'ermite paraissait tendue et enflée : il y vit le
bassin d'or garni de pierreries, que celui-ci
avait volé. Il n'osa d'abord en rien témoigner ;
mais il était dans une étrange surprise.

Vers le midi l'ermite se présenta à la porte
d'une maison très petite où logeait un riche
avare ; il y demanda l'hospitalité pour quelques
heures. Un vieux valet mal habillé le reçut

d'un ton rude, et fit entrer l'ermite et Zadig
dans l'écurie, où on leur donna quelques olives
pourries, de mauvais pain et de la bière gâtée.
L'ermite but et mangea d'un air aussi content
que la veille; puis, s'adressant à ce vieux   5
valet, qui les observait tous deux pour voir
s'ils ne volaient rien et qui les pressait de partir, il lui donna les deux pièces d'or qu'il avait
reçues le matin et le remercia de toutes ses
attentions. «Je vous prie, ajouta-t-il, faites-   10
moi parler à votre maître.» Le valet, étonné,
introduisit les deux voyageurs. «Magnifique
seigneur, dit l'ermite, je ne puis que vous
rendre de très humbles grâces de la manière
noble dont vous nous avez reçus : daignez   15
accepter ce bassin d'or comme un faible gage
de ma reconnaissance.» L'avare fut prêt de
tomber à la renverse. L'ermite ne lui donna
pas le temps de revenir de son saisissement ; il
partit au plus vite avec son jeune voyageur.   20
«Mon père, lui dit Zadig, qu'est-ce que tout
ce que je vois? Vous ne me paraissez ressembler en rien aux autres hommes : vous volez
un bassin d'or garni de pierreries à un seigneur qui vous reçoit magnifiquement, et vous   25
le donnez à un avare qui vous traite avec indi-
gnité. — Mon fils, répondit le vieillard, cet
homme magnifique, qui ne reçoit les étrangers
que par vanité et pour faire admirer ses

richesses, deviendra plus sage ; l'avare appren-
dra à exercer l'hospitalité : ne vous étonnez de
rien, et suivez-moi. » Zadig ne savait encore
s'il avait affaire au plus fou ou au plus sage de
5   tous les hommes ; mais l'ermite parlait avec
tant d'ascendant que Zadig, lié d'ailleurs par
son serment, ne put s'empêcher de le suivre.

Ils arrivèrent le soir à une maison agréable-
ment bâtie, mais simple, où rien ne sentait ni la
10   prodigalité ni l'avarice. Le maître était un philosophe retiré du monde, qui cultivait en paix
la sagesse et la vertu, et qui cependant ne s'en-
nuyait pas. Il s'était plu à bâtir cette retraite,
dans laquelle il recevait les étrangers avec une
15   noblesse qui n'avait rien de l'ostentation. Il
alla lui-même au-devant des deux voyageurs,
qu'il fit reposer d'abord dans un appartement
commode. Quelque temps après, il les vint
prendre lui-même pour les inviter à un repas
20   propre et bien entendu, pendant lequel il parla
avec discrétion des dernières révolutions de
Babylone. Il parut sincèrement attaché à la
reine, et souhaita que Zadig eût paru dans la
lice pour disputer la couronne. « Mais les
25   hommes, ajouta-t-il, ne méritent pas d'avoir un
roi comme Zadig. » Celui-ci rougissait et sentait redoubler ses douleurs. On convint dans la
conversation que les choses de ce monde n'al-
laient pas toujours au gré des plus sages. L'er-

mite soutint toujours qu'on ne connaissait pas les voies de la Providence, et que les hommes avaient tort de juger d'un tout dont ils n'apercevaient que la plus petite partie.

On parla des passions[1]. « Ah ! qu'elles sont funestes ! disait Zadig. — Ce sont les vents qui enflent les voiles du vaisseau, repartit l'ermite : elles le submergent quelquefois ; mais sans elles il ne pourrait voguer. La bile rend colère et malade ; mais sans la bile l'homme ne saurait vivre. Tout est dangereux ici-bas, et tout est nécessaire. »

On parla de plaisir[2], et l'ermite prouva que c'est un présent de la Divinité : « Car, dit-il, l'homme ne peut se donner ni sensations ni

1. Le thème de la réhabilitation des passions est dans le goût des philosophes du temps (*Fable des abeilles*, de Mandeville, 1728 ; *Traité du vrai mérite*, de Lemaître de Claville, 1734 ; *Théorie des sentiments agréables*, de Lévesque de Pouilly, 1736, etc.). L'image du vaisseau et des vents est chère à Voltaire (*Traité de philosophie*, chap. VIII ; *IVe Discours en vers sur l'homme*, etc.). Il la doit avant tout à Pope, dans son *Essai sur l'homme*, 1733-1734 (Ép. I, 3), que du Resnel traduisait ainsi :

> *Mais de nos passions les mouvements contraires*
> *Sur ce vaste océan sont des vents nécessaires.*

2. *De plaisir* : encore une thèse essentielle de la philosophie voltairienne. C'est le sujet de tout le *Ve Discours en vers sur l'homme* : « Sur la nature du plaisir ». On notera que l'ermite développe des points de vue essentiellement voltairiens, ce qui peut-être rend plus crédibles, ensuite, ses assertions leibniziennes…

idées, il reçoit tout ; la peine et le plaisir lui
viennent d'ailleurs, comme son être. »

Zadig admirait comment un homme qui
avait fait des choses si extravagantes pouvait
5   raisonner si bien. Enfin, après un entretien
aussi instructif qu'agréable, l'hôte reconduisit
ses deux voyageurs dans leur appartement, en
bénissant le ciel qui lui avait envoyé deux
hommes si sages et si vertueux. Il leur offrit de
10 l'argent d'une manière aisée et noble qui ne
pouvait déplaire. L'ermite le refusa, et lui dit
qu'il prenait congé de lui, comptant partir pour
Babylone avant le jour. Leur séparation fut
tendre ; Zadig surtout se sentait plein d'estime
15 et d'inclination pour un homme si aimable.

Quand l'ermite et lui furent dans leur appartement, ils firent longtemps l'éloge de leur
hôte. Le vieillard au point du jour éveilla son
camarade. « Il faut partir, dit-il ; mais, tandis
20 que tout le monde dort encore, je veux laisser
à cet homme un témoignage de mon estime et
de mon affection. » En disant ces mots, il prit
un flambeau, et mit le feu à la maison. Zadig,
épouvanté, jeta des cris, et voulut l'empêcher
25 de commettre une action si affreuse. L'ermite
l'entraînait par une force supérieure ; la maison était enflammée. L'ermite, qui était déjà
assez loin avec son compagnon, la regardait
brûler tranquillement. « Dieu merci ! dit-il,

voilà la maison de mon cher hôte détruite de fond en comble ! L'heureux homme ! » À ces mots Zadig fut tenté à la fois d'éclater de rire, de dire des injures au révérend père, de le battre, et de s'enfuir, mais il ne fit rien de tout cela, et toujours subjugué par l'ascendant de l'ermite, il le suivit malgré lui à la dernière couchée.

Ce fut chez une veuve charitable et vertueuse qui avait un neveu de quatorze ans, plein d'agréments et son unique espérance. Elle fit du mieux qu'elle put les honneurs de sa maison. Le lendemain, elle ordonna à son neveu d'accompagner les voyageurs jusqu'à un pont qui, étant rompu depuis peu, était devenu un passage dangereux. Le jeune homme, empressé, marche au-devant d'eux. Quand ils furent sur le pont : « Venez, dit l'ermite au jeune homme, il faut que je marque ma reconnaissance à votre tante. » Il le prend alors par les cheveux et le jette dans la rivière. L'enfant tombe, reparaît un moment sur l'eau, et est engouffré dans le torrent. « Ô monstre ! ô le plus scélérat de tous les hommes ! s'écria Zadig. — Vous m'aviez promis plus de patience, lui dit l'ermite en l'interrompant : apprenez que, sous les ruines de cette maison où la Providence a mis le feu, le maître a trouvé un trésor immense ; apprenez que ce

jeune homme, dont la Providence a tordu le
cou, aurait assassiné sa tante dans un an, et
vous dans deux. — Qui te l'a dit, barbare ? cria
Zadig ; et quand tu aurais lu cet événement
dans ton livre des destinées, t'est-il permis de
noyer un enfant qui ne t'a point fait de mal ? »

Tandis que le Babylonien parlait, il aperçut
que le vieillard n'avait plus de barbe, que son
visage prenait les traits de la jeunesse. Son
habit d'ermite disparut ; quatre belles ailes
couvraient un corps majestueux et resplendis-
sant de lumière. « Ô envoyé du ciel ! ô ange
divin ! s'écria Zadig en se prosternant, tu es
donc descendu de l'empyrée pour apprendre à
un faible mortel à se soumettre aux ordres
éternels ? — Les hommes, dit l'ange Jesrad[1],
jugent de tout sans rien connaître : tu étais
celui de tous les hommes qui méritait le plus
d'être éclairé. » Zadig lui demanda la permission de parler[2]. « Je me défie de moi-même,

1. Jesrad serait, selon G. Ascoli, une mauvaise orthographe pour Jezdad ou Jezdan. Jezd signifie, dans la langue
ancienne des Perses, le Dieu tout-puissant, et Jezdad : Dieu-
donné. Selon d'Herbelot (*Bibliothèque orientale*, 448 *b*), c'est
le nom de l'Agathodaemon des platoniciens, qui est, ou Dieu
même, ou un ange bienfaisant, ou enfin le premier principe du
bien, selon la doctrine de Zoroastre et des mages ses disciples.
2. G. Ascoli note fort justement que, dans les récits anté-
rieurs, le Coran, les *Vitae Patrum*, *L'Ermite qui s'accom-
paigna à l'ange*, et aussi chez Parnell, l'homme se contente
de recevoir les instructions de l'ange. Seul Zadig, fils de
Voltaire, va discuter.

dit-il, mais oserai-je te prier de m'éclaircir un
doute : ne vaudrait-il pas mieux avoir corrigé
cet enfant, et l'avoir rendu vertueux, que de le
noyer ? » Jesrad reprit : « S'il avait été vertueux, et s'il eût vécu, son destin était d'être   5
assassiné lui-même avec la femme qu'il devait
épouser, et le fils qui en devait naître. — Mais
quoi ! dit Zadig, il est donc nécessaire qu'il y ait
des crimes et des malheurs, et les malheurs
tombent sur les gens de bien ? — Les méchants,   10
répondit Jesrad, sont toujours malheureux : ils
servent à éprouver un petit nombre de justes
répandus sur la terre, et il n'y a point de mal
dont il ne naisse un bien[1]. — Mais, dit Zadig,
s'il n'y avait que du bien, et point de mal ? —   15
Alors, reprit Jesrad, cette terre serait une autre
terre[2] ; l'enchaînement des événements serait

---

1. Ce « tout va bien » rappelle la formule de Pope, dans
son *Essai sur l'homme* (Ép. I, 3 et 18 de la traduction de
l'abbé du Resnel) :

> *Dans l'homme tel qu'il est ce qui paraît un mal*
> *Est la source d'un bien dans l'ordre général [...]*
> *Tout désordre apparent est un ordre réel,*
> *Tout mal particulier un bien universel.*

2. Jesrad se montre ici bon leibnizien, comme dans les
assertions qui vont suivre (million de mondes, immense
variété, deux feuilles d'arbre...). Voltaire s'est ici largement inspiré des *Institutions de physique* de Mme du Châtelet, qu'il a résumées lui-même en 1740 dans son *Exposition
du livre des Institutions physiques*. Ainsi : « Chaque suite de

un autre ordre de sagesse ; et cet autre ordre,
qui serait parfait, ne peut être que dans la
demeure éternelle de l'Être suprême, de qui le
mal ne peut approcher. Il a créé des millions de
5   mondes[1] dont aucun ne peut ressembler à
l'autre. Cette immense variété est un attribut de
sa puissance immense[2]. Il n'y a ni deux feuilles
d'arbre sur la terre, ni deux globes dans les
champs infinis du ciel, qui soient semblables[3] ;
10   et tout ce que tu vois sur le petit atome où tu es

---

choses constitue un monde qui serait différent de tout autre
par les événements qui lui seraient particuliers. » L'idée sera
reprise encore dans *Il faut prendre un parti* (1772) : « Tout
événement présent est né du passé et père du futur, sans
quoi cet univers serait absolument un autre univers, comme
le dit si bien Leibniz. » Voir la *Théodicée*, III, § 365, où
Leibniz se réfère à l'apologue de Laurent Valla, humaniste
du XVe siècle, dans son *De libero arbitrio*.

1. Cf. les *Institutions de physique* de Mme du Châtelet :
« On peut concevoir des univers possibles dans lesquels il y
aurait d'autres étoiles et d'autres planètes, et comme les dif-
férents rapports de ces univers peuvent être combinés d'une
infinité de manières, *il y a une infinité* de mondes possibles. »

2. Dans son *Exposition du livre des Institutions physiques*, Voltaire s'arrête sur cette idée qu'il trouve « grande » :
« Il paraît qu'il n'y a qu'un être tout-puissant qui ait pu faire
des choses infiniment différentes. »

3. Cf. encore les *Institutions de physique* : « Ce philosophe ayant assuré qu'on ne trouverait jamais deux feuilles
entièrement semblables dans la quantité presque innombrable
de celles qui l'entouraient, plusieurs courtisans qui étaient
présents passèrent inutilement une partie de la journée à cette
recherche, et ils ne purent jamais trouver deux feuilles qui
n'eussent des différences sensibles, même à l'œil. »

né devait être dans sa place et dans son temps
fixe, selon les ordres immuables de celui qui
embrasse tout. Les hommes pensent que cet
enfant qui vient de périr est tombé dans l'eau
par hasard, que c'est par un même hasard que   5
cette maison est brûlée ; mais il n'y a point de
hasard : tout est épreuve, ou punition, ou
récompense, ou prévoyance. Souviens-toi de ce
pêcheur qui se croyait le plus malheureux de
tous les hommes. Orosmade t'a envoyé pour   10
changer sa destinée. Faible mortel, cesse de
disputer contre ce qu'il faut adorer. — Mais,
dit Zadig… » Comme il disait *Mais*, l'ange prenait déjà son vol vers la dixième sphère. Zadig,
à genoux, adora la Providence, et se soumit.   15
L'ange lui cria du haut des airs : « Prends ton
chemin vers Babylone. »

CHAPITRE XIX

LES ÉNIGMES[1]

Zadig, hors de lui-même et comme un
homme auprès de qui est tombé le tonnerre,

---

1. Le jeu des énigmes est dans le goût oriental. On en
trouve assez souvent dans les récits des *Mille et Une Nuits*,

marchait au hasard. Il entra dans Babylone le
jour où ceux qui avaient combattu dans la lice
étaient déjà assemblés dans le grand vestibule
du palais pour expliquer les énigmes, et pour
5   répondre aux questions du grand mage. Tous
les chevaliers étaient arrivés, excepté l'armure
verte. Dès que Zadig parut dans la ville, le
peuple s'assembla autour de lui ; les yeux ne
se rassasiaient point de le voir, les bouches de
10 le bénir, les cœurs de lui souhaiter l'empire.
L'envieux le vit passer, frémit, et se détourna ;
le peuple le porta jusqu'au lieu de l'assem-

------

des *Mille et Un Jours* qui fleurissent au XVIIIe siècle. Cf.
Hamilton, en tête de ses *Quatre Facardins* (1730) :

> *Ensuite vinrent de Syrie*
> *Volumes de contes sans fin,*
> *Où l'on avait mis à dessein*
> *L'orientale allégorie,*
> *Les énigmes et le génie*
> *Du talmudiste et du rabbin.*

Les légendes anciennes (Œdipe et le Sphinx, Salomon et la
reine de Saba) les utilisent. C'est encore Ésope qui, d'après
sa *Vie*, racontée par La Fontaine, se tire d'affaire en devinant
l'énigme du Grand Temple. La méthode employée pour
choisir un roi vient de la tradition fénelonienne (*Télémaque*,
1699, liv. V). Il faut dire, d'autre part, que le jeu des énigmes
était très en vogue dans la société mondaine et lettrée en
France depuis la Préciosité. Chaque mois, le *Mercure* pro-
posait des énigmes en vers qui exerçaient l'ingéniosité de
quantité de lecteurs parisiens et provinciaux. C'était l'équi-
valent de nos mots croisés.

blée. La reine, à qui on apprit son arrivée, fut
en proie à l'agitation de la crainte et de l'espérance ; l'inquiétude la dévorait : elle ne pouvait comprendre ni pourquoi Zadig était sans
armes, ni comment Itobad portait l'armure
blanche. Un murmure confus s'éleva à la vue
de Zadig. On était surpris et charmé de le
revoir ; mais il n'était permis qu'aux chevaliers qui avaient combattu de paraître dans
l'assemblée.

« J'ai combattu comme un autre, dit-il, mais
un autre porte ici mes armes ; et en attendant
que j'aie l'honneur de le prouver, je demande
la permission de me présenter pour expliquer
les énigmes. » On alla aux voix : sa réputation
de probité était encore si fortement imprimée
dans les esprits qu'on ne balança pas à l'ad-
mettre.

Le grand mage proposa d'abord cette question : « Quelle est de toutes les choses du
monde la plus longue et la plus courte, la plus
prompte et la plus lente, la plus divisible et la
plus étendue, la plus négligée et la plus regret-
tée, sans qui rien ne se peut faire, qui dévore
tout ce qui est petit, et qui vivifie tout ce qui est
grand ? »

C'était à Itobad à parler. Il répondit qu'un
homme comme lui n'entendait rien aux
énigmes, et qu'il lui suffisait d'avoir vaincu à

grands coups de lance. Les uns dirent que le mot de l'énigme était la fortune, d'autres la terre, d'autres la lumière. Zadig dit que c'était le temps. «Rien n'est plus long, ajouta-t-il, puisqu'il est la mesure de l'éternité; rien n'est plus court, puisqu'il manque à tous nos projets; rien n'est plus lent pour qui attend; rien de plus rapide pour qui jouit; il s'étend jusqu'à l'infini en grand; il se divise jusque dans l'infini en petit; tous les hommes le négligent, tous en regrettent la perte; rien ne se fait sans lui; il fait oublier tout ce qui est indigne de la postérité, et il immortalise les grandes choses.» L'assemblée convint que Zadig avait raison.

On demanda ensuite: «Quelle est la chose qu'on reçoit sans remercier, dont on jouit sans savoir comment, qu'on donne aux autres quand on ne sait où l'on en est, et qu'on perd sans s'en apercevoir?»

Chacun dit son mot. Zadig devina seul que c'était la vie. Il expliqua toutes les autres énigmes avec la même facilité. Itobad disait toujours que rien n'était plus aisé, et qu'il en serait venu à bout tout aussi facilement s'il avait voulu s'en donner la peine. On proposa des questions sur la justice, sur le souverain bien, sur l'art de régner. Les réponses de Zadig furent jugées les plus solides. «C'est bien

dommage, disait-on, qu'un si bon esprit soit
un si mauvais cavalier. »

« Illustres seigneurs, dit Zadig, j'ai eu l'honneur de vaincre dans la lice. C'est à moi qu'appartient l'armure blanche. Le seigneur Itobad
s'en empara pendant mon sommeil : il jugea
apparemment qu'elle lui siérait mieux que la
verte. Je suis prêt de lui prouver d'abord devant
vous, avec ma robe et mon épée, contre toute
cette belle armure blanche qu'il m'a prise, que
c'est moi qui ai eu l'honneur de vaincre le
brave Otame. »

Itobad accepta le défi avec la plus grande
confiance. Il ne doutait pas qu'étant casqué,
cuirassé, brassardé, il ne vînt aisément à bout
d'un champion en bonnet de nuit et en robe de
chambre. Zadig tira son épée, en saluant la
reine, qui le regardait, pénétrée de joie et de
crainte. Itobad tira la sienne, en ne saluant personne. Il s'avança sur Zadig comme un homme
qui n'avait rien à craindre. Il était prêt à lui
fendre la tête. Zadig sut parer le coup, en oppo-
sant ce qu'on appelle le fort de l'épée au faible
de son adversaire, de façon que l'épée d'Itobad
se rompît. Alors Zadig, saisissant son ennemi
au corps, le renversa par terre ; et, lui portant
la pointe de son épée au défaut de la cuirasse :
« Laissez-vous désarmer, dit-il, ou je vous
tue. » Itobad, toujours surpris des disgrâces

qui arrivaient à un homme comme lui, laissa
faire Zadig, qui lui ôta paisiblement son magnifique casque, sa superbe cuirasse, ses beaux
brassards, ses brillants cuissards, s'en revêtit,
5 et courut, dans cet équipage, se jeter aux
genoux d'Astarté. Cador prouva aisément que
l'armure appartenait à Zadig. Il fut reconnu roi
d'un consentement unanime, et surtout de
celui d'Astarté, qui goûtait, après tant d'ad-
10 versités, la douceur de voir son amant digne
aux yeux de l'univers d'être son époux. Itobad
alla se faire appeler monseigneur dans sa maison. Zadig fut roi, et fut heureux. Il avait présent à l'esprit ce que lui avait dit l'ange Jesrad.
15 Il se souvenait même du grain de sable devenu
diamant. La reine et lui adorèrent la Providence. Zadig laissa la belle capricieuse Missouf courir le monde. Il envoya chercher le
brigand Arbogad, auquel il donna un grade
20 honorable dans son armée, avec promesse de
l'avancer aux premières dignités s'il se com-
portait en vrai guerrier, et de le faire pendre
s'il faisait le métier de brigand.

Sétoc fut appelé du fond de l'Arabie, avec
25 la belle Almona, pour être à la tête du commerce de Babylone. Cador fut placé et chéri
selon ses services ; il fut l'ami du roi, et le roi
fut alors le seul monarque de la terre qui eût
un ami. Le petit muet ne fut pas oublié. On

donna une belle maison au pêcheur. Orcan fut condamné à lui payer une grosse somme et à lui rendre sa femme ; mais le pêcheur, devenu sage, ne prit que l'argent.

Ni la belle Sémire ne se consolait d'avoir cru que Zadig serait borgne, ni Azora ne cessait de pleurer d'avoir voulu lui couper le nez. Il adoucit leurs douleurs par des présents. L'envieux mourut de rage et de honte. L'empire jouit de la paix, de la gloire et de l'abondance ; ce fut le plus beau siècle de la terre : elle était gouvernée par la justice et par l'amour. On bénissait Zadig, et Zadig bénissait le ciel.

APPENDICE[1]

LA DANSE

Sétoc devait aller, pour les affaires de son commerce, dans l'île de Serendib[2] ; mais le

---

1. Voltaire n'a pas publié de son vivant les deux chapitres de cet appendice : ils ne paraîtront qu'en 1784 dans l'édition de Kehl.
2. Serendib était « l'île la plus fameuse de la mer qu'on appelle océan Indique ou Oriental ; cette île est la même que celle de Ceilan ou Zeilan » (d'Herbelot, *Bibliothèque orien-*

premier mois de son mariage, qui est, comme
on sait, la lune du miel, ne lui permettait ni de
quitter sa femme, ni de croire qu'il pût jamais
la quitter : il pria son ami Zadig de faire pour
5 lui le voyage. « Hélas ! disait Zadig, faut-il que
je mette encore un plus vaste espace entre la
belle Astarté et moi ? Mais il faut servir mes
bienfaiteurs. » Il dit, il pleura, et il partit.

Il ne fut pas longtemps dans l'île de Serendib
10 sans y être regardé comme un homme extraor-
dinaire. Il devint l'arbitre de tous les différends
entre les négociants, l'ami des sages, le conseil
du petit nombre de gens qui prennent conseil.
Le roi voulut le voir et l'entendre. Il connut
15 bientôt tout ce que valait Zadig ; il eut
confiance en sa sagesse, et en fit son ami. La
familiarité et l'estime du roi fit trembler Zadig.
Il était nuit et jour pénétré du malheur que lui
avait attiré les bontés de Moabdar. « Je plais au
20 roi, disait-il ; ne serai-je pas perdu ? » Cependant il ne pouvait se dérober aux caresses de Sa
Majesté : car il faut avouer que Nabussan[1], roi

---

tale, 806 ; il est vrai qu'en 364 *b* il est moins affirmatif et
parle de Sumatra). Son nom revient souvent dans les contes
orientaux, *Les Mille et Une Nuits*, *Les Mille et Un Jours*,
etc. Lesage avait écrit pour la Foire une excellente comédie
intitulée *Arlequin roi de Serendib* (1713).

1. Nabussan : comme le remarque G. Ascoli, il y a dans
cette suite généalogique un souvenir plaisant des énuméra-

de Serendib, fils de Nussanab, fils de Nabas-
sun, fils de Sanbusna, était un des meilleurs
princes de l'Asie, et que, quand on lui parlait, il
était difficile de ne le pas aimer.

Ce bon prince était toujours loué, trompé, et   5
volé : c'était à qui pillerait ses trésors. Le receveur général de l'île de Serendib donnait toujours cet exemple, fidèlement suivi par les
autres. Le roi le savait : il avait changé de trésorier plusieurs fois ; mais il n'avait pu chan-   10
ger la mode établie de partager les revenus du
roi en deux moitiés inégales, dont la plus
petite revenait toujours à Sa Majesté, et la plus
grosse aux administrateurs.

Le roi Nabussan confia sa peine au sage   15
Zadig. « Vous qui savez tant de belles choses,
lui dit-il, ne sauriez-vous point le moyen de
me faire trouver un trésorier qui ne me vole
point ? — Assurément, répondit Zadig, je sais
une façon infaillible de vous donner un homme   20
qui ait les mains nettes. » Le roi, charmé, lui
demanda en l'embrassant, comment il fallait
s'y prendre. « Il n'y a, dit Zadig, qu'à faire
danser tous ceux qui se présenteront pour la
dignité de trésorier, et celui qui dansera avec   25
le plus de légèreté sera infailliblement le plus

tions orientales et particulièrement bibliques, où l'on trouve
souvent des noms de consonance voisine.

honnête homme[1]. — Vous vous moquez, dit
le roi ; voilà une plaisante façon de choisir un
receveur de mes finances. Quoi ! vous préten-
dez que celui qui fera le mieux un entrechat
5   sera le financier le plus intègre et le plus
habile ? — Je ne vous réponds pas qu'il sera le
plus habile, repartit Zadig ; mais je vous
assure que ce sera indubitablement le plus
honnête homme. » Zadig parlait avec tant de
10 confiance que le roi crut qu'il avait quelque
secret surnaturel pour connaître les financiers.
« Je n'aime pas le surnaturel, dit Zadig ; les
gens et les livres à prodiges m'ont toujours
déplu : si Votre Majesté veut me laisser faire
15 l'épreuve que je lui propose, elle sera bien
convaincue que mon secret est la chose la plus
simple et la plus aisée. » Nabussan, roi de
Serendib, fut bien plus étonné d'entendre que
ce secret était aussi simple que si on le lui
20 avait donné pour un miracle. « Or bien, dit-il,
faites comme vous l'entendrez. — Laissez-
moi faire, dit Zadig, vous gagnerez à cette
épreuve plus que vous ne pensez. » Le jour

---

1. Le mode de choix de cet « honnête homme » remonte
sans doute à un souvenir de Swift, qui s'est fortement trans-
formé dans l'esprit de Voltaire. Dans le *Voyage de Lilliput*,
chap. III, Gulliver s'étonne de voir comment on choisit pour
les hauts emplois les candidats qui dansent le mieux à la
corde.

même il fit publier, au nom du roi, que tous
ceux qui prétendaient à l'emploi de haut receveur des deniers de Sa Gracieuse Majesté
Nabussan, fils de Nussanab, eussent à se
rendre, en habits de soie légère, le premier de   5
la lune du crocodile, dans l'antichambre du
roi. Ils s'y rendirent au nombre de soixante et
quatre. On avait fait venir des violons dans un
salon voisin ; tout était préparé pour le bal ;
mais la porte de ce salon était fermée, et il fal-   10
lait, pour y entrer, passer par une petite galerie
assez obscure. Un huissier vint chercher et
introduire chaque candidat, l'un après l'autre,
par ce passage dans lequel on le laissait seul,
quelques minutes. Le roi, qui avait le mot,   15
avait étalé tous ses trésors dans cette galerie.
Lorsque tous les prétendants furent arrivés
dans le salon, Sa Majesté ordonna qu'on les fît
danser. Jamais on ne dansa plus pesamment et
avec moins de grâce ; ils avaient tous la tête   20
baissée, les reins courbés, les mains collées à
leurs côtés. « Quels fripons ! » disait tout bas
Zadig. Un seul d'entre eux formait des pas
avec agilité, la tête haute, le regard assuré, les
bras étendus, le corps droit, le jarret ferme.   25
« Ah ! l'honnête homme ! le brave homme ! »
disait Zadig. Le roi embrassa ce bon danseur,
le déclara trésorier, et tous les autres furent
punis et taxés avec la plus grande justice du

monde : car chacun, dans le temps qu'il avait
été dans la galerie, avait rempli ses poches et
pouvait à peine marcher. Le roi fut fâché pour
la nature humaine que de ces soixante et
5   quatre danseurs il y eût soixante et trois filous.
La galerie obscure fut appelée *le corridor de
la tentation*. On aurait, en Perse, empalé ces
soixante et trois seigneurs ; en d'autres pays,
on eût fait une chambre de justice qui eût
10 consommé en frais le triple de l'argent volé, et
qui n'eût rien remis dans les coffres du souverain ; dans un autre royaume, ils se seraient
pleinement justifiés, et auraient fait disgracier
ce danseur si léger : à Serendib, ils ne furent
15 condamnés qu'à augmenter le trésor public,
car Nabussan était fort indulgent.

Il était aussi fort reconnaissant ; il donna à
Zadig une somme d'argent plus considérable
qu'aucun trésorier n'en avait jamais volé au
20 roi son maître. Zadig s'en servit pour envoyer
des exprès à Babylone, qui devaient l'informer de la destinée d'Astarté. Sa voix trembla
en donnant cet ordre, son sang reflua vers son
cœur, ses yeux se couvrirent de ténèbres, son
25 âme fut prête à l'abandonner. Le courrier partit, Zadig le vit embarquer ; il rentra chez le
roi, ne voyant personne, croyant être dans sa
chambre, et prononçant le nom d'amour. « Ah !
l'amour, dit le roi, c'est précisément ce dont il

s'agit ; vous avez deviné ce qui fait ma peine.
Que vous êtes un grand homme ! J'espère que
vous m'apprendrez à connaître une femme à
toute épreuve, comme vous m'avez fait trouver un trésorier désintéressé. » Zadig, ayant   5
repris ses sens, lui promit de le servir en amour
comme en finance, quoique la chose parût
plus difficile encore.

LES YEUX BLEUS

« Le corps et le cœur », dit le roi à Zadig...
À ces mots, le Babylonien ne put s'empêcher   10
d'interrompre Sa Majesté. « Que je vous sais
bon gré, dit-il, de n'avoir point dit *l'esprit et le*
cœur ! car on n'entend que ces mots dans les
conversations de Babylone ; on ne voit que
des livres où il est question du cœur et de l'es-   15
prit[1] composés par des gens qui n'ont ni de
l'un ni de l'autre ; mais, de grâce, Sire, pour-
suivez. » Nabussan continua ainsi : « Le corps
et le cœur sont chez moi destinés à aimer ; la
première de ces deux puissances a tout lieu   20

---

1. Cette expression était devenue une sorte de cliché.
Ajoutons que la dyade *cœur/esprit* de *Micromégas* est devenue ici une triade, *corps/cœur/esprit*.

d'être satisfaite. J'ai ici cent femmes à mon service, toutes belles, complaisantes, prévenantes, voluptueuses même, ou feignant de l'être avec moi. Mon cœur n'est pas à beau-
5 coup près si heureux. Je n'ai que trop éprouvé qu'on caresse beaucoup le roi de Serendib, et qu'on se soucie fort peu de Nabussan. Ce n'est pas que je croie mes femmes infidèles ; mais je voudrais trouver une âme qui fût à moi ; je
10 donnerais pour un pareil trésor les cent beautés dont je possède les charmes : voyez si, sur ces cent sultanes, vous pouvez m'en trouver une dont je sois sûr d'être aimé. »

Zadig lui répondit comme il avait fait sur
15 l'article des financiers : « Sire, laissez-moi faire ; mais permettez d'abord que je dispose de ce que vous aviez étalé dans la galerie de la tentation ; je vous en rendrai bon compte et vous n'y perdrez rien. » Le roi le laissa le
20 maître absolu. Il choisit dans Serendib trente-trois petits bossus des plus vilains qu'il put trouver, trente-trois pages des plus beaux, et trente-trois bonzes des plus éloquents et des plus robustes. Il leur laissa à tous la liberté
25 d'entrer dans les cellules des sultanes ; chaque petite bossu eut quatre mille pièces d'or à donner, et dès le premier jour tous les bossus furent heureux. Les pages, qui n'avaient rien à donner qu'eux-mêmes, ne triomphèrent qu'au

bout de deux ou trois jours. Les bonzes eurent
un peu plus de peine ; mais enfin trente-trois
dévotes se rendirent à eux. Le roi, par des
jalousies qui avaient vue sur toutes les cellules, vit toutes ces épreuves, et fut émerveillé.
De ses cent femmes, quatre-vingt-dix-neuf
succombèrent à ses yeux.

Il en restait une toute jeune, toute neuve, de
qui Sa Majesté n'avait jamais approché. On
lui détacha un, deux, trois bossus, qui lui offri-
rent jusqu'à vingt mille pièces ; elle fut incor-
ruptible, et ne put s'empêcher de rire de l'idée
qu'avaient ces bossus de croire que de l'argent
les rendrait mieux faits. On lui présenta les
deux plus beaux pages ; elle dit qu'elle trouvait le roi encore plus beau. On lui lâcha le
plus éloquent des bonzes, et ensuite le plus
intrépide ; elle trouva le premier un bavard, et
ne daigna pas même soupçonner le mérite du
second. « Le cœur fait tout, disait-elle ; je ne
céderai jamais ni à l'or d'un bossu, ni aux
grâces d'un jeune homme, ni aux séductions
d'un bonze, j'aimerai uniquement Nabussan
fils de Nussanab, et j'attendrai qu'il daigne
m'aimer. » Le roi fut transporté de joie, d'étonnement et de tendresse. il reprit tout l'argent
qui avait fait réussir les bossus, et en fit présent à la belle Falide ; c'était le nom de cette
jeune personne. Il lui donna son cœur : elle le

méritait bien. Jamais la fleur de la jeunesse ne
fut si brillante ; jamais les charmes de la
beauté ne furent si enchanteurs. La vérité de
l'histoire ne permet pas de taire qu'elle faisait
5   mal la révérence ; mais elle dansait comme les
fées, chantait comme les sirènes et parlait
comme les Grâces : elle était pleine de talents
et de vertus.

Nabussan, aimé, l'adora ; mais elle avait les
10   yeux bleus, et ce fut la source des plus grands
malheurs. Il y avait une ancienne loi qui
défendait aux rois d'aimer une de ces femmes
que les Grecs ont appelées depuis *boopies*[1].
Le chef des bonzes avait établi cette loi il y
15   avait plus de cinq mille ans ; c'était pour s'approprier la maîtresse du premier roi de l'île de
Serendib que ce premier bonze avait fait passer
l'anathème des yeux bleus en constitution fondamentale d'État. Tous les ordres de l'empire
20   vinrent faire à Nabussan des remontrances. On
disait publiquement que les derniers jours du
royaume étaient arrivés, que l'abomination
était à son comble, que toute la nature était
menacée d'un événement sinistre ; qu'en un
25   mot Nabussan fils de Nussanab aimait deux

1. *Boopis* signifie « aux yeux de vache, aux grands
yeux ». Voltaire a-t-il confondu cette épithète homérique
avec une autre, *glaucopis*, « aux yeux pers », qui convien-
drait mieux ici ?

grands yeux bleus[1]. Les bossus, les financiers, les bonzes et les brunes remplirent le royaume de leurs plaintes.

Les peuples sauvages qui habitent le nord de Serendib profitèrent de ce mécontentement général. Ils firent une irruption dans les États du bon Nabussan. Il demanda des subsides à ses sujets ; les bonzes, qui possédaient la moitié des revenus de l'État, se contentèrent de lever les mains au ciel, et refusèrent de les mettre dans leurs coffres pour aider le roi. Ils firent de belles prières en musique, et laissèrent l'État en proie aux barbares.

« Ô mon cher Zadig, me tireras-tu encore de cet horrible embarras ? s'écria douloureusement Nabussan. — Très volontiers, répondit Zadig ; vous aurez de l'argent des bonzes tant que vous en voudrez. Laissez à l'abandon les terres où sont situés leurs châteaux, et défendez seulement les vôtres. » Nabussan n'y manqua pas : les bonzes vinrent se jeter aux pieds du roi et implorer son assistance. Le roi répondit par une belle musique dont les paroles étaient des prières au ciel pour la conservation de leurs terres. Les bonzes enfin donnèrent de

1. L'allusion à Mme de Pompadour est ici fort claire. Voltaire ne se dit-il pas, dans une lettre qu'il lui envoie vers le 20 mai 1745, de ses « yeux », de sa « figure » et de son « esprit » le très humble serviteur ?

l'argent, et le roi finit heureusement la guerre.
Ainsi Zadig, par ses conseils sages et heureux,
et par les plus grands services, s'était attiré
l'irréconciliable inimitié des hommes les plus
5   puissants de l'État : les bonzes et les brunes
jurèrent sa perte ; les financiers et les bossus ne
l'épargnèrent pas ; on le rendit suspect au bon
Nabussan. Les services rendus restent souvent
dans l'antichambre, et les soupçons entrent
10   dans le cabinet, selon la sentence de Zoroastre :
c'était tous les jours de nouvelles accusations ;
la première est repoussée, la seconde effleure,
la troisième blesse, la quatrième tue.

Zadig intimidé, qui avait bien fait les affaires
15   de son ami Sétoc et qui lui avait tenir son
argent, ne songea plus qu'à partir de l'île, et
résolut d'aller lui-même chercher des nouvelles d'Astarté. « Car, disait-il, si je reste dans
Serendib, les bonzes me feront empaler ; mais
20   où aller ? Je serai esclave en Égypte, brûlé,
selon toutes les apparences, en Arabie, étranglé à Babylone. Cependant il faut savoir ce
qu'Astarté est devenue : partons, et voyons à
quoi me réserve ma triste destinée. »

25   *C'est ici que finit le manuscrit qu'on a
retrouvé de l'histoire de Zadig. Ces deux chapitres doivent être certainement placés après le
douzième, et avant l'arrivée de Zadig en Syrie.*

On sait qu'il a essuyé bien d'autres aventures qui ont été fidèlement écrites. On prie messieurs les interprètes des langues orientales de les communiquer, si elles parviennent jusqu'à eux.

5

DOSSIER

CHRONOLOGIE
1694-1778

1694. Première édition du *Dictionnaire* de l'Académie française.
21 novembre : naissance à Paris de François-Marie Arouet.

1697. Traité de Ryswick, mettant fin à la guerre de la Ligue d'Augsbourg, débutée en 1688.
Bayle, *Dictionnaire historique et critique*.
Perrault, *Contes de ma mère l'Oye*.

1701. Début de la guerre de Succession d'Espagne.

1704. François-Marie Arouet entre au collège des Jésuites, futur lycée Louis-le-Grand.

1705. Il est introduit par l'abbé de Châteauneuf, son parrain, dans la société libertine du Temple.

1710. Destruction de Port-Royal.

1713. Traité d'Utrecht, qui met fin à la guerre de Succession d'Espagne. François-Marie se rend à La Haye, secrétaire de l'ambassadeur de France.

1715. Mort de Louis XIV.

1716. François-Marie Arouet est exilé à Tulle, puis à Sully-sur-Loire, pour deux écrits satiriques contre le Régent, Philippe d'Orléans.
Law fonde la Banque générale.

1717. François-Marie Arouet est incarcéré pour onze mois à la Bastille en raison de ses écrits.
Retz, *Mémoires*.

1718.   *Œdipe*, première tragédie de François-Marie Arouet.
        François-Marie Arouet prend le nom de Voltaire.
1719.   Daniel Defoe, *Robinson Crusoé*.
1720.   Fuite de Law, après la faillite du « système ».
1721.   Montesquieu, *Lettres persanes*.
1722.   Mission de Voltaire en Hollande.
1723.   *La Henriade*, poème épique.
        Majorité de Louis XV.
1726.   Altercation avec le chevalier de Rohan : Voltaire est
        emprisonné à la Bastille, puis exilé en Angleterre.
1728.   Voltaire rentre clandestinement en France.
1730.   *Sur la mort de Mademoiselle Lecouvreur*, poème.
        Brutus, tragédie.
        Marivaux, *Le Jeu de l'amour et du hasard*.
        Histoire de Charles XII.
1732.   *Zaïre*, tragédie.
1733.   Début de la guerre de Succession de Pologne.
1734.   *Lettres philosophiques*, qui provoquent un scandale.
        Voltaire, menacé d'arrestation, s'enfuit en Cham-
        pagne, à Cirey, chez Mme du Châtelet.
1735.   *La Mort de César*, tragédie.
1736.   *Alzire ou les Américains*, tragédie.
        Correspondance avec le futur Frédéric II de Prusse.
1738.   *Discours sur l'homme*.
        Éléments de la philosophie de Newton.
        Traité de Vienne, qui met fin à la guerre de Succes-
        sion de Pologne.
1740.   Frédéric II devient roi de Prusse.
        Début de la guerre de Succession d'Autriche.
1741.   *Mahomet*, tragédie.
1743.   *Mérope*, tragédie.
        Mission diplomatique de Voltaire à Berlin.
1745.   Voltaire est nommé historiographe du roi de France.
        La Bataille de Fontenoy, poème.
1746.   Voltaire est élu à l'Académie française ; nommé
        gentilhomme ordinaire de la chambre du roi.
        Vauvenargues, *Réflexions et maximes*.
1747.   *Memnon*, première version de *Zadig*, conte.

Le libraire Le Breton confie à Diderot et d'Alembert la direction de l'*Encyclopédie*.

1748. Voltaire séjourne en Lorraine à la cour de Stanislas Leczinski.

Sémiramis, tragédie. *Zadig*. *Le Monde comme il va*.

Traité d'Aix-la-Chapelle, qui met fin à la guerre de Succession d'Autriche.

Montesquieu, *De l'esprit des lois*.

1750. Départ de Voltaire pour Potsdam.

Rousseau, *Discours sur les sciences et les arts*.

1751. Premier volume de l'*Encyclopédie*.

1752. *Le Siècle de Louis XIV*, non autorisé en France, paraît à Berlin.

Micromégas, conte.

Querelle de Voltaire avec Maupertuis, directeur de l'Académie de Berlin.

1753. Voltaire, brouillé avec Frédéric II, quitte Berlin.

Buffon élu à l'Académie française, *Discours sur le style*.

1754. Rousseau, *Discours sur l'inégalité*.

Voltaire se rend à Genève.

1755. Voltaire s'installe aux «Délices», près de Genève.

Tremblement de terre de Lisbonne, le 1er novembre.

L'Orphelin de la Chine, tragédie.

1756. *Essai sur l'histoire générale et sur les mœurs*.

Début de la guerre de Sept Ans.

1757. Scandale de l'article «Genève» de l'*Encyclopédie*.

Défaite française à Rossbach.

1758. Rousseau, *Lettre à d'Alembert sur les spectacles*.

Quesnay, *Tableau économique*.

Voltaire achète près de Genève, mais en territoire français, Ferney et Tournay.

1759. *Candide*, conte.

1760. *Tancrède*, tragédie.

L'Écossaise, comédie.

Voltaire adopte Marie Corneille, petite-nièce du dramaturge.

Début de la grande guerre philosophique.

1761.   Rousseau, *La Nouvelle Héloïse*.
1762.   Début de l'affaire Calas.
        Le Parlement ordonne l'expulsion des jésuites.
        Rousseau, *Émile* et *Du contrat social*.
1763.   *Traité sur la tolérance*.
        Traité de Paris, qui met fin à la guerre de Sept Ans.
1764.   *Jeannot et Colin*, conte.
        Dictionnaire philosophique portatif.
1766.   Affaire du chevalier de La Barre, exécuté pour tra-
        hison.
1767.   *L'Ingénu*, conte.
        Affaire Sirven.
1768.   *L'Homme aux quarante écus, La Princesse de
        Babylone*, contes. *Précis du siècle de Louis XV*.
        Acquisition de la Corse.
        Quesnay, *La Physiocratie*.
1770.   Conflit entre Louis XV et le Parlement.
1771.   Bougainville, *Voyage autour du monde*.
1772.   Diderot, *Jacques le Fataliste*.
1773.   Fondation du Grand Orient de France.
        Dissolution de la Compagnie de Jésus par le pape
        Clément XIV.
1774.   Mort de Louis XV, avènement de Louis XVI.
        Le Taureau blanc, conte.
1775.   Publication de l'édition dite «encadrée» des
        œuvres complètes de Voltaire.
1776.   *La Bible enfin expliquée*.
        Déclaration d'Indépendance américaine.
        Restif de la Bretonne, *Le Paysan et la paysanne
        pervertis*.
1777.   *Irène*, tragédie.
1778.   Retour de Voltaire à Paris, «apothéose». Il meurt le
        30 mai.
        Mort de Rousseau le 2 juillet.

BIBLIOGRAPHIE

On trouvera dans l'édition des *Romans et comtes* de Voltaire par Frédéric Deloffre et Jacques Van den Heuvel avec la collaboration de Jacqueline Hellegouarc'h, à la Bibliothèque de la Pléiade, Gallimard, 1979, une bibliographie détaillée, ainsi que des indications complémentaires concernant la composition, la publication et le commentaire de *Zadig*. Seuls les ouvrages de critique les plus importants sont donc mentionnés ici.

I. *Biographie*

Voltaire en son temps, sous la direction de René Pomeau, Fayard, 1995, 2 vol.

II. *Études générales sur Voltaire*

Lanson, Gustave, *Voltaire*, Paris, 1906 ; rééd. par René Pomeau, Hachette, 1960.

Naves, Raymond, *Voltaire, « L'Homme et l'Œuvre »*, Boivin, 1942.

Pomeau, René, *Voltaire par lui-même*, éd. du Seuil, 1955.

—, *La Religion de Voltaire*, Paris, 1956, 2ᵉ éd., Nizet, 1969.
    Étude approfondie de la pensée religieuse de Voltaire.

Wade, Ira O., *The Intellectual Development of Voltaire*, Princeton, New Jersey, Princeton University Press, 1969.
Mason, Haydn T., *Voltaire*, Londres, Hutchinson, 1975.

III. *Sur les contes en général*

Van den Heuvel, Jacques, *Voltaire dans ses contes*, A. Colin, 1967. Étude fondamentale.
Mylne, Vivienne, « Literary Techniques and Methods in Voltaire's Contes Philosophiques », *Studies on Voltaire and the Eighteenth Century*, 67, 1967, p. 1055-1080.
Rigo, Dora Bienaimé, *Gli ultimi racconti di Voltaire*, Pise, Libreria Goliardica, 1974. Deux chapitres généraux, un sur la poétique du conte, l'autre sur la « destination philosophique du voyage », suivis d'une étude détaillée du *Blanc et noir*, de *La Princesse de Babylone*, et des *Lettres d'Amabed*.
Sherman, Carol, *Reading Voltaire's* Contes. *A Semiotics of Philosophical Narration*, Chapel Hill, North Carolina, 1985.

IV. *Sur* Zadig *en particulier*

Zadig ou la Destinée, Histoire orientale, édition critique par Georges Ascoli, revue et complétée par Jean Fabre, Didier, 1962.

On signalera enfin l'*Inventaire Voltaire*, édition publiée sous la direction de Jean Goulemot, André Magnan et Didier Masseau, paru dans la collection Quarto, Gallimard, 1995.

166   *Table*

DOSSIER

DU MÊME AUTEUR

Dans la même collection

COLLECTION FOLIO